口約束は果たされた

The verbal promise was fulfilled

〜辺境伯家の婿は
溺愛される〜

1

Yumi Yamabuki
山吹 弓美
[Illustration]キッカイキ

CONTENTS

薄赤色の髪を靡《なび》かせて、彼女は俺に手を差し伸べてくれた。

「九年前のお約束を、果たしに参りました。セオドール様」

九年前の、約束。

その言葉をずっと胸に抱いて生きてきた俺は、何の躊躇《ためら》いもなく彼女の手を取った。

プロローグ・子どもの口約束

あれは、今から九年前。ロードリック兄上が十歳になったことを記念しての、誕生日パーティーでのことだった。

「お前、あっち行ってろ。今日の主役は俺なんだからな、目立つんじゃねえぞ」

「ロードリック、もう少し言い方があるでしょう？　セオドール、今日はゆっくりごはんを食べていらっしゃい。ロードリックの誕生パーティーなのだから、あなたは目立たないようにおとなしくしているのよ」

「は、はい。わかりました」

ひとつ年下の俺は、家族と並んで来客に挨拶をした後は兄上と母上にそう言われて、会場である広間の端に逃げることにした。父上は既に客人との話に没頭していて、こちらを見ることもない。兄上と母上、言葉遣いはともかく言ってることは同じだよな。

軍人を多く輩出してきたアルタートン伯爵家の嫡男である兄上は、次期伯爵として来客……つまりは貴族の方々と会話を交わし、親御さんに伴われてやってきた数多くの令嬢と顔合わせをしている。

まあ、要するに婚約者探しだ。

「さすがは『コームラスの懐刀《ふところがたな》』アルタートン家だ。ロードリックくんがいれば今後も安泰《あんたい》ですな、ジョナス卿《きょう》」

「ええ、もちろん。良い跡継ぎだと、私は満足しております。このままきちんと成長してくれることが前提ですが」

「まあ、たしかにそうですな。ところでどうでしょう、うちの娘などは」

「おいおい、ひとりで先走るのは感心しませんな。うちの娘はどうか、とお声がけするところだったのですよ」

現当主である父上は、この国……コームラス王国の都を護《まも》る王都守護騎士団の副長にして第一師団長という立場。『コームラスの懐刀』なんて呼ばれているのは、先祖代々そういう立ち位置にあるからということのようだ。

つまりは国の偉いさんということで、その長男に娘を嫁がせたい貴族が数多く顔を見せていた。父上も、そのつもりで招待状を送っていたようだし。

対して次男である俺は、ひとつしか歳の違わない兄上には腕っぷしで敵わない程度の存在だった。

このときから一年近く前。兄弟で一度勝負してみろ、と父上に言われて兄上と木剣で試合をしたことがあった。結果はボロボロ……とにかく、一方的に叩きのめされた。剣術の試合のはずなのに最後は殴られて、蹴られて。

「セオドール。この年齢でその程度では、お前は騎士団に居場所などない。幸いお前にはロードリックという良い兄がいる、その補佐としてせいぜい働くことだ」

そう、父上に命じられた。

十歳になるかならずで見限られた、というのは他の家ではおかしいのかもしれないけれど。

父上も、お祖父様も……アルタートンの後継者はみんな、十歳前後でその身体能力を開花させていたそうだ。

そうして兄上が八歳で頭角を現したということで、ひとつ下の俺は力不足の役立たずと見做《みな》されたわけだ。この後開花するかも、とは考えなかったらしい。

もし俺が女として生まれていたら、そこそこの家に嫁に出されることを前提に教育されただろうけれど。


「きゃっ」

さて。

食事はいいものが出ているので、それをいくらか皿に取った俺は隅のテーブルでもくもくと食べていた。

その目の前で、女の子がひとり押し出されるように尻もちをついた。ああ、兄上のところに行こうとして他の子に押されたんだと思いつつ、口の中のローストビーフを飲み込んでから歩み寄る。

「だいじょうぶ、ですか？」

「あ、ありがとう」

淡い栗色の髪の彼女に手を差し伸べて、立たせた。ドレスのホコリを軽く払ってやると、その子は「お供も大変ね」なんてことを言う。どうやら、兄上の侍従か何かだと思われたかな。反論は……後で問題起こした、とかで怒られそうだからやめておいた。

「あちら、ご両親ですか？」

「あら、そうだわ。じゃあね」

くるりと周囲を見回すと、なんとなく髪色の似た大人がいるのが見えた。なのでそう尋ねたら笑顔になって、そちらに去っていく。……まあ、親御さんと合流できてよかったな、とは思うけど。

挨拶のときには兄上の横にいたのだけれど、弟とは思われなかったようだ。顔をよく見られていなかったか、そもそもいることを認識されていなかったのか。

それに今、俺が着てる服は兄上が好みじゃないって着なくなった服で、サイズ直ししてもらっててもいわゆるお仕着せに見えるしなあ。

「……ま、いっか」

ひとまず、考えるのはやめよう。母上にも言われたとおり今日は兄上が主役なんだから、俺はあまり目立つわけにはいかない。

テーブルに戻るとお皿は片付けられていたので、今度はジュースをもらいに行こう。ローストビーフ、食べ終わっててよかった。

「こんにちは」

好みのオレンジジュースをもらったところで、声をかけられた。え、と思って振り返ると薄赤色の、ちょっと癖のある髪。さっきの子とは別の女の子だ。肌が小麦色で、なんというか元気な感じがする。

俺、肌の色薄いからちょっとうらやましい、かも。

「な、なに？」

「どうして、そんなすみっこにいるのかなっておもって。ロードリックさま、のご家族、なんでしょ？　それともお付きなの？」

ありゃ。この子、俺が兄上の横にいたのに気づいてたのか。

それもそうか。パーティーの参加者は俺以外みんなそうなんだけど、質の良い衣装を着ている。俺や兄上と同じくらいの年っぽいから、どこかの家の令嬢なんだろう。

要するにさっきの女の子と同じ、兄上の婚約者候補のひとりだということだ。

兄上は……ああ、父上と母上と一緒にさっきの女の子やその家族と話をしてるようだ。なら、俺が他の女の子と話してても大丈夫かな。一応、説明はしておかないと。

「目立つな、っていわれたんだ。ぼく、兄上とちがってできがわるいから」

「兄上？　そうなんだ」

俺が『ロードリックさま』の弟だと、彼女はさっくり把握したようだ。まあ、兄上の家族らしいとわかってるからだろうけど。

けれど、それで俺の立場を理解したらしい彼女は「でも」と軽く頭を捻る。

「わたしのお父さまは、じぶんのとくいなことをがんばればいいよ、っていってくれるわよ」

「そうなんだ。いいなあ」

彼女のお父上は、そんなふうに言ってくれるんだ。うらやましいなと思ったけど、自分の得意なことってなんだろう。

この時の俺には、そこがわからなかった。子どもだということもあるけれど、腕っぷしなら兄上のほうが上だし。勉強は……一応家庭教師はつけてくれていたけれど、兄上と一緒にやったことないのでどちらが上かわからない。それに、父上はこの女の子のお父上とは違うから。

「ぼくの父上は、戦に強い子どもがいいんだって言ってた。ぼく、戦うより本を読むほうがすきだからだめみたい」

「え？　それってすごいんじゃないの？」

ぼそぼそと答えたことに彼女からそう言われて、俺は目を瞠《みは》った。

武芸で成り立っているといっても過言ではないアルタートン家の俺が、本を読むのが好き。それをすごい、と言われたのは生まれて初めてだったから。

他所《よそ》の家から嫁いできた母上ですら、アルタートンの男は戦って勝つのが当然というお考えだったしな。家庭教師の先生は、読書も大切ですからねとは言ってくれたけど。

ただ、この少女がすごいと言った理由はちょっと別のところにあった。

「だってわたし、本読むのにがてだもの。文字が多いと、ねむくなっちゃう」

それは、兄上も言っていた。

けれど伯爵家に限らず、貴族家の当主の仕事に書類仕事がないなんてあり得ないのだし、ある程度は読めないと話にならないのにな。

「でも、勉強はちゃんとしないといけないよな。大きくなっておうちのしごとをするのに、文字はいっぱい読まないといけないし」

「ええ、それもそうね。わたしもちょっとずつだけど読むようにはしてるもの……お父さま、ときどきおしごとをためこんでお母さまにおこられてるけれどね」

……当時の俺はとても突っ込めなかったのだが。こんなことを言われている『お父さま』は、それでもきっとどこかの当主なはず。それが、仕事を溜めてご夫人に怒られているなんて、俺にはとても想像できない光景だ。

そこからしばらく、人目につかない大広間の隅っこで、俺は彼女と話をした。そばについてくれている使用人さんはもともと俺の担当の人で、だからか見て見ぬふりをしてくれてるようだ。

兄上と、彼についている父上や母上は広間の中央で、数多くの貴族親子と話をしているから……ほとんどこちらには誰も意識を向けていない。それが、ありがたかった。

で、ふたりで話をしている間に、お互い名乗ったんだよね。

「ぼくは、セオドール」

「すてきな名前ね。わたしは……そうね、ヴィーって呼んで」

「うん、わかった。ヴィー、だね」

本名が長いのか、ヴィーという呼ばれ方が気に入っているのか。いずれにしろ彼女はそれしか名乗らなかったから、俺は結局彼女の本当の名前を知ることはなかった。

でもまあ、たぶん再会なんてなさそうだしな、と思ったからか……なんか、ヴィーには家族に言えないことをいろいろ言った気がする。父上も母上も兄上ばっかりかわいがってるとか、兄上は俺を子分か何かにしか思ってないかも、とか。

「使用人さんたちは何も言わないの？」

「そうだなあ。やとってるのは父上だから、何も言えない人が多いんじゃないかな。バロットさんは、兄上には剣の修業とかつけてるそうだけど」

「そっか……」

父上の下で騎士をしていた、現在は家令のバロット。前歴もあって、兄上の剣術の師匠を務めている。俺にはちょっとだけ、構え方を教えてくれたっきりだな。

でも、一応俺も剣の修業というか自主練はこっそりしてるから、それなりに手にはまめもあったりする。それに気づいてヴィーは、「がんばってるのにねえ」と手のひらを撫でてくれた。

「父上、気づいてないから。先生とヴィーがわかってくれたら、それでいいかな」

「うふふ」

ついつい本音を口にしたら、ヴィーは朗らかに笑ってくれた。誰かが、俺が頑張っていることをわかってくれているなら俺は、それでよかったんだけど。

「うん、わかった。ええっと、セオドール、さま」

そうして、俺の話をひとしきり聞いてくれたヴィーは大きく頷いた。俺の手を取って、握りしめて、そうして俺の顔をまっすぐに見て。

「大きくなったらお父さまにおねがいして、かならずむかえにいくからね。それまで、がんばって。わたしと同じ年だから、同じだけがんばろう」

「え」

いきなりそんなことを言われて、俺はただ、驚くしかなかった。

……でも、ヴィーの表情がものすごく真剣だったから俺は、恐る恐る頷いたんだ。

「……う、うん」

「よかった。約束だよ！」

そこで周囲がちょっと騒がしくなって、それをきっかけにヴィーとは別れた。もう一度手を握りしめてくれて、それから手を振って去っていく彼女の、淡い赤の髪を俺はずっと見送った。


その日の夜、俺は父上に散々怒られた。

「まったく。せっかくパーティーに参加させてやったのに、もう少し役に立つかと思ったが」

「……もうしわけありません」

「お前はアルタートンの男として不出来なのだから、多くのご令嬢にロードリックを持ち上げるような話をできなかったのか。少しは頭が回るやつだと思ったのだが、単なる本の虫か」

さすがにそれは理不尽だろう、と今でも思う。このときは知らなかったけれど、兄上の婚約者はきっちり見つけていたわけで。

兄上と婚約することになったのは、俺の目の前で転んだあの少女だった。ベルベッタという名前だった彼女は、実は母上の親戚に当たるガーリング侯爵家のご令嬢だそうだ。……ヴィーじゃなくてよかった、とはちょっとだけ思ったけれど。

「もういい。お前はロードリックの補佐として尽くすために、仕事に必要なことをしっかり叩き込ん

でおけ。これからあいつは、俺の後継者として忙しくなるからな」

「……わかりました」

父上が俺を手で追い払う仕草をしたので、頭を下げてその場を後にする。十歳にもならない子どもに何の仕事をさせるつもりなんだ、とこのときは考えていた。

そして翌年。十歳の誕生日パーティーが、俺のために開かれることはなかった。がっくりしたけれど、どうやら俺はそういう扱いなのだとこの頃にはもう理解していたから、ぎりと歯をかみしめるだけにした。

「お誕生日おめでとうございます。セオドール坊ちゃま」

「どうぞ、セオドール様のためのケーキですよ」

ただ、家庭教師のフォート先生はそう言ってくれた。一緒にメイドとして働いてくれている奥さんのカティさんがケーキを作ってくれて、お茶も淹れてくれて。

「子どもがおらん私らですが、セオドール坊ちゃまをこうやって祝わせていただけるのは親心というやつが動きますなあ」

はっはっは、と快活に笑う先生はシュメア子爵家の次男で、若い頃は王宮で文官をしておられたとのこと。同じ次男、ってことで気にかけてくれてたらしい。

頭の回転が早く、また知識に長《た》けているということであちこちの貴族の元で家庭教師を務められ、そのうちのどこかでメイドをしていたカティさんと出会って夫婦になったそうだ。

そんなフォート先生の評判を聞きつけて、父上が兄上の家庭教師として引っ張ってきたわけだ。

……ついでに俺のことも見てもらえているのには、感謝しかない。このときは夫婦揃って五十になったばかり、だったっけな。

「いえ、ありがとうございます先生。カティさんも、ケーキおいしいです」

このときに、フォート先生から読みたかった物語の本をプレゼントしてもらえたこともあり、俺はいっそう勉学に力を入れるようになる。この頃には父上からも、あまりとやかく言われることはなくなった。単に興味を失っただけかもしれないが。

そうだとしても、関係ない。

俺は、ヴィーが頑張ってって言ってくれたから頑張るんだ。あの言葉が、あの日から俺の中にあるから……俺は俺にできることをするだけだ。

「……最近、セオドール坊ちゃまはお勉強に大変熱が入られてますね」

文章の書き方、計算、この国の地理をこつこつと覚えていく。わかりはじめると、結構面白いんだよね。昔の戦記を読むと、進軍のルートを決めた理由とか進軍速度なんかもわかってくるし。

「ぼくにできることって何かな、と考えたら、やっぱりこっちかなと思いまして」

「なるほど。セオドール坊ちゃまは字がとてもお綺麗《きれい》ですから、それを活かせるほうに進まれるのもよいかもしれませんね。私の元職場とか」

先生は、俺のいいところをそんなふうに拾ってくれた。字が綺麗、というのは俺のちょっとした自慢なんだ。

以前、先生から兄上の筆記を見せてもらったことがあったんだけど、さすがに俺のほうが秀でているとひと目見てわかったし。

読めるけど、なんとか読めるんだけどこう、見慣れてないと読みにくい文字ってあるよね。うん。兄上も父上や母上に注意されたらしくそこは気にしていたようだから、俺から触れることはなかったけど。また殴り飛ばされるだけだろうし。

「……王宮に勤めたら、何かしょっちゅう父上や兄上の面倒見なくちゃならない気がするので遠慮します……」

「そうですね。たしかに」

回りに聞こえないように本音を先生に伝えたら、何か微妙に顔を青くしておられた。あ、これ、先生自身が面倒見てたってことかな。それで、うちの家庭教師に引っ張ってこられた、と。

確認はしなかったけど、たぶん間違いないだろう。父上なら、やりかねないから。

「さて。お勉強のカリキュラムはかなり早く進んでいますから、今日はこのくらいにして剣術のお稽古もしましょう。運動も大切な勉強のひとつですからね」

「はい！」

時々、フォート先生は俺に剣の握り方や振り方、足の使い方なんかも教えてくれた。文官ではあるけれど、個人的に剣術の稽古もしておられたらしい。王宮勤めなら騎士団などもいるから、師匠には事欠かなかったみたいだ。

勉強がかなり早く進んでいる、というのは正直。自覚がなかった。比較対象がいなかったし。

フォート先生と向き合ってこつこつやっているだけなので、『早く進んでいる』と言われてもそうなのか、と思うだけ。でも、こうやってこっそり剣術の時間を作ってくれるのはありがたかった。

「ほら、隙ができていますよ～」

「わわっ！」

「……それで受け身を取れるんですから、さすがですね」

さらに、カティさんからも体術の基本を教わっている。

貴族家で働く侍女やメイドの仕事のひとつに、仕えている夫人や子女の護衛というものもあるそうだ。母上が数人引き連れているところを見かけるけれど、もしかしてあの中にもいるのかもしれない。

そうして、勉強と鍛錬の日々は続いた。

「アルタートン家が王都近郊に領地を得られたのは、当時のご当主様の武勲が著しく、そのお力を王家が側《そば》に置いておきたかったからだと分析されていますからね」

「なるほどなあ。うちのご先祖、本当に頑張ったんですね。それで『コームラスの懐刀』なのか」

やがて国の歴史とか、各地の特産品とか、そういったものも教わっていく。使い道があるかは別として、知らないことを覚えていくというのは面白かった。

ただ、抜き打ちでの暗記テストは厳しかったけど。物によっては、細かい品種の違いなんかも覚えないといけなかったし。

「でも、うちよりも上位貴族である侯爵家や辺境伯家のほうが戦力としては上なんじゃないかと思うんですが」

「そちらの方々には、諸外国から国を護ってもらうお役目を担ってもらっているんですよ。敵が王都に届く前に潰してもらったほうが、国は安泰ですから」

「……はあ」

「こういった知識も、セオドール坊ちゃまには、いずれお役に立つと思いますよ。ところで、シェオーネ男爵領の特産品なんでしたっけ？」

「え？　あ、木綿じゃないや。あそこは麻でしたね！　くそう混じった！」


俺がそんなふうに家で勉強をしている間に、父上は侯爵家との結びつきができたことで王都守護騎士団内で勢力を広げたらしい。守護騎士としては、しっかり仕事はできるということか……でないと、副長なんて地位にはつけないから当然か。

ロードリック兄上は父上のそばで剣術を習い、十五歳になったときに見習いとして王都守護騎士団に入団した。すぐに魔物討伐などで実績を積んで、父上のもとで小さな部隊を任されるようになったんだよな。

「え」

「申し訳ありません、セオドール坊ちゃま」

兄上の騎士団入団と時を同じくして、フォート先生夫妻がアルタートン家を離れることになった。

先生はもともと兄上の家庭教師として雇われていたわけで、俺についていてくれたのはそのついでだったのだから、当然といえば当然なんだが。

……この頃には俺の一人称は『ぼく』から『俺』に変わっていた。そのくらいには、成長していたんだな。

それ以外にも、俺はちゃんと成長できていたようだ。だって。

「……実は誰にもお伝えしていなかったのですが。セオドール坊ちゃまは既に、ロードリック坊ちゃまと同じだけのお勉強を済ませておいでです」

「え？」

「わたくしも次男、家を継げぬ立場でございました。それ故に知識を積み上げ、文書を美しく揃え、正確な情報を集めることで王宮の文官、貴族子息の家庭教師という職を手にいたしました」

先生が、そう言ってくれたから。

貴族の次男、三男とかは家を継ぐためのスペア、という意味合いがある。だけど、たとえば嫡男がきちんと成長して家を継げばその役割は終わる。

そうなったら、後の人生は家に残って嫡男の補佐をするか、そうでなければ家を出てどこかの婿になるか、自力で就職して生きていくかだ。

だから先生は、俺に兄上と同じだけの知識を与えてくれた。もし家を出ることになったのならば、自分の力で生きていけるように。

「以前お会いになったお嬢様とのお約束を守れるために、わたくしはできるだけのことをお教えしたつもりでございますよ。馬の乗り方だけは、お教えできませんでしたが」

馬に関しては完全にフォート先生の管轄外で、内密にどうこうできる話ではなかったはずだ。

それでも気遣ってくれるその気持ちがただただありがたい、俺はそう思って頭を下げる。

「ありがとうございます。これできっと、俺は彼女に胸を張ることができます」

「ええ、ええ。その日が来ることを、遠くから祈っておりますよ」

「どうかお元気でいてくださいましね、セオドール様。身の回りのお世話は、ちゃんと頼んでありますから」

お互いに手を取り合って、別れを惜しんだ。家庭教師とメイドの夫妻としてとても良い人たちだったから、また別の家にお勤めすることになるんだろうな。


その後の俺は、あくまで兄上の補佐としてアルタートンの屋敷に事実上軟禁されることになった。屋敷で催されるパーティーへの出席は許されず、屋敷の外に出る機会も一切なかった。だから、もしかしたらアルタートン家に息子がふたりいるなんて知らない人のほうが多いのかもしれない。

やがて俺は、兄上が父上から任されたはずの書類仕事を丸投げされるようになった。

「ロードリックの手伝いをしているのは知っている。だが、あれはあくまで家の仕事だからな」

そう言って父上から渡される金額は、幼子が買い物に行くときに握りしめている小遣い程度。まあ、外に出ないんだから使うところなんてないけれど。

父上が俺にも勉強をさせた理由が、兄上の補佐をさせるためだったのは間違いない。騎士に文官の部下がいるのは当然のことらしいけれど、俺を宛てがったのは安上がりだからなんだろう。

「にしても。兄上、フォート先生にちゃんと習わなかったのかな」

ただ、兄上から丸投げされてくる仕事はそれほど難易度が高いわけではない。書類作業のやり方はフォート先生から習っているはずだし、特に苦もなくこなせるだろう。俺と違って侍従や配下も使えるわけだし、騎士団の仕事と同時進行でも余裕なレベル。

フォート先生が俺にみっちりと仕込んでくれた書類の書き方、情報の集め方はそれからずっと、役に立っている。これで外に出られたのなら、どこの職場でも文官として仕事ができたんじゃないかな。

先生の誤算は、父上と兄上がどこまで行っても俺を外に出そうとしなかったってところだろう。自由にできる金銭も大したことがないから、屋敷の外に出たところで動きようがない。馬に乗れないから、遠くまで行けないし。

「……ヴィー、元気かな」

そんな日々を過ごしながら俺は、彼女の名前を時折口にしてみる。誰にも聞かれないように。

もうすぐ、あの日から九年になる。

一．兄弟格差

アルタートン伯爵領は、コームラス王国の王都から馬車で一日ほどの距離にある。たとえ領都にいたとしても、早馬で駆ければ半日もかからずに、アルタートン家の者は王家のもとに駆けつけることができる。

代々の当主が王都守護騎士団に属し、その幹部として働いていることが影響している……というよりは、そもそも騎士団で名を挙げた先祖が爵位と領地をもらった、ということのようだけれど。

先祖の働きと領地の近さから、アルタートン家は『コームラスの懐刀』と呼ばれているそうな。俺は、一度しか聞いたことがないけれど。

「まあ、平和だからだろ」

そんな呼び名は、他国とか反乱勢力との大きな戦とかでもないと必要がないだろうからな。

さて、そのアルタートン家。現在の当主である父上、ジョナス・アルタートン伯爵は王都守護騎士団の副長と、そして第一師団長を務めている。まあ、ある意味懐刀なのは間違いないな。

その長男、次期アルタートン伯であるロードリック兄上もまた騎士団の一員となっている。第一師団、つまり父上の部下として配属され、現在は分隊をひとつ任されているとのことだ。騎士としては十人程度の部下がいることになる。

「……やれやれ」

父上は現在、領主としての務めの一部を後継者であるロードリック兄上に任せている。この国では十八歳で成人と認められることもあり、既に十九歳の兄上にはいずれ訪れる世代交代のために仕事を教えているわけだ。

その兄上には弟がいる。つまりこの俺、ひとつ下の次男セオドール。十八歳なので、一応成人として認められた、らしい。

自分のことなのにらしい、というのは成人を迎えるにあたり、儀礼的なものはおろか特段言及されることすらなかったからだ。

子どもの成人時には正式な儀式とかはないものの、節目として小さなパーティーを開くのが一般的だ。少なくとも去年、兄上が成人されたときは婚約者のご家族をお迎えしてやったからね。

「ま、何を今更というか」

俺は兄上の補佐として、主に書類のサポートを行っている……と、父上は思っている。ちゃんと尋ねたことがないから推測だけれど、まあまず間違いないだろう。

少なくとも、実家にいるのなら兄上のお手伝いをするくらいは当然のことだ、と思っているさ。兄上がこの家と父上の跡を継ぐ以上、俺はどこかに婿入りなり独立なりをするまではその補佐をすべきだしな。

でもなあ、と思いながら扉をノックする。程なく開いて、兄上の侍従がどうぞ、と目礼で迎え入れてくれた。俺にはそんなのいないけどね。

「失礼します、兄上」

ワゴンに積み上げた書類を、ロードリック兄上の部屋まで運び入れる。そのまま、執務机の横まで動かして固定。

俺が自室で使ってる机よりも新しく重厚な執務机、その向こうで兄上はこれまた質の良い椅子に腰を下ろしたままだ。そうして俺を見る目は、ひどくつまらなそうで。

「本日分の書類をお持ちしました」

「遅い」

「申し訳ありません」

兄上の不機嫌なひと言に、ほとんど反射的に俺は謝罪の言葉を口にして頭を下げた。そうしなければ次の瞬間、俺は兄上の拳で壁に叩きつけられているからだ。一応衝撃の和らげ方はわかっているし、そうそうダメージは食わないけれど。

「まあいい。俺の補佐として、少しは役に立っているようで何よりだ」

「ありがとうございます」

その後、俺が机の上に移動させた書類を一瞥して兄上は機嫌を直してくれたようだ。今度はありがとうという意味を込めて、もう一度頭を下げる。

……ただ。

俺が持ってきた書類は、本来であれば兄上が処理すべきもの。提出されるときには、責任者として兄上のサインが記されるものだ。つまり、上からしてみれば兄上がこの書類に記される内容を処理してその結果作成したものだと認識される。

実際にこの書類を作成しているのは、まるっと俺。補佐って、そこまでやるものだったかな。

「ちゃんとまとめてあるんだろうな？」

「はい」

守護騎士としても、領主補佐としてもそれぞれ仕事は多くある。もちろんどちらの地位でも部下はいるし、それらをうまく使って仕事を進めるのが当然ではある。

ただ、兄上は領主補佐としての書類、さらには守護騎士としての書類の処理をも俺に任せている。

正確に言うと、ほぼ丸投げ。

父上の部下や兄上の部下が持ってきた資料などを取りまとめて清書し、兄上の部屋まで持ってくるのが俺の仕事、ということになる。ちなみに扉を開けてくれた侍従は、俺のところに資料を持ってくるのが仕事だ。少なくとも、俺から見た場合。

「よし。では、次はこちらだ」

せめてその内容を精査してくれてるならともかく……一度ちょっとしたミスで差し戻されたことがあるんだけど、その責任を兄上は全て俺にぶつけた。いや、たしかに俺のミスではあるけれど、兄上がチェックしていれば気づけたはずで。

今も、書類のチェックもせずに兄上は次の案件を持ちこんでくる。ざっくり見たところ、先日の魔物討伐の報告書らしい。肉や牙などの後処理に手間取って、報告書を書くのはこれからということか。もっとも、書くのは俺だけど。

「俺は昼から、ベルベッタと茶会だ。夕食には帰ってくるが、こいつは明日の晩まででいい」

「わかりました」

本来報告書を書くべき兄上は、婚約者のベルベッタ・ガーリング嬢とお茶を飲むらしい。たしかに、婚約者同士の交流は重要な仕事だが。

大体、明日の晩まででいいとは言うけれど、この言葉を真に受けたら怠け者と蹴り飛ばされるのがオチだ。

ベルベッタ嬢のご実家であるガーリング侯爵家は、母上の実家であるグラッサ伯爵家と親戚関係である。それもあって、九年前のパーティーで顔を合わせた後婚約が結ばれたらしい。

俺は蚊帳《かや》の外だったから、詳しいことは知らない。兄上とベルベッタ嬢が婚約したので失礼のないように、と両親からは言い渡されたけれど、そもそも顔を合わせることがほとんどないし。

「用事は終わった。さっさと出ていけ、目障りだ」

「はい、失礼します」

ふんと鼻息の荒い兄上に深く頭を下げて、新しい報告書作成のための資料を載せたワゴンを押して退室する。扉の側にいた侍従が、閉じる瞬間俺を見てはっと笑った。

「ほら、しっかり仕事しろよ」

三年ほど前に見た任命書類によれば、彼はたしか子爵家の三男だったはずだ。伯爵家の次男である俺に対してあの調子で、失礼のないように仕事できているのかな。俺にだけああいう態度なのであれば、それはそれで感心するけれど。

「魔物討伐の報告書くらい、自分で書けと思わんでもないけどなあ」

自室に戻りながら、口の中だけで呟く。ワゴンの上に積み上げられた資料……いや、殴り書きに目を走らせながらそれは無理だと結論づけた。

兄上の悪筆は、今になっても変わらない。さっきの侍従が右筆《ゆうひつ》をやっていたこともあるらしいけれど、現在は俺がなんとか解読して書類を作成している。おそらく、彼には兄上の文字が読めなかったんだろう。

それにしても、婚約者かあ。

たしか、四か月後にはベルベッタ嬢が俺の義姉となるはずである。兄上は建前上仕事がお忙しいので、結婚式の準備は両親に……主に母上に丸投げだろうな。昼からの茶会というやつも、母上がまるっとセッティングしているようだし。

なお、結婚その他において兄上自身のサインが必要な書類は、さっき俺が持っていった山の中にある。婚姻届はさすがにないけれど、ベルベッタ嬢の輿入《こしい》れに基づく持参金とか財産分与とかこう、いろいろあるからね。

それはそれとして。

「最近、魔物増えたかな」

自室に到着して、書類の入った箱を机の上に移しながら呟いた。さっきの山の中にも魔物討伐の報告書はあったし、今持って来てる書類もそれだ。その前にも、何度も同じような報告書を俺は書いている。

王都守護騎士団の重要な任務、そのひとつに王都近辺における魔物の討伐があるのは間違いない。コームラス王国は軍や騎士団を持っているけれど、近隣諸国との戦というのは今ではほとんどない。時折国境沿いの地域でちょっとした小競《こぜ》り合《あ》いはあるらしいけれど、その地域を領地とする貴族が対応しているはずだ。

故に父上や兄上の仕事は、主にそれ以外の脅威……大型の獣や魔物から王都を護ることがメインとなる。もちろん、騎士団員たちの訓練もあるけれど。

「……ま、いいか。俺には関係ないや」

守護騎士にも、アルタートンの私兵にもなることがないであろう俺には関係のない話だ。

父上とは手合わせしてもらったことがないけれど、兄上には散々打ちのめされた。一歳しか違わない兄上にボロクソにやられる時点で、俺は騎士団に入る道は断たれた。入団願いを出したところで、父上や兄上が破り捨てて終わりだろう。

力で敵わない俺は、兄上が手がけるべき書類のほぼ全てを押しつけられている。拒否すれば死なない程度に叩きのめされて、父上や母上には体調不良で休んでいることにされて終わりだ。なお、経験済み。

その両親……特に母上は、本来兄上が手がけるはずの書類を俺がほとんど処理していることに気づいていない。兄上の筆跡が綺麗だ、と褒《ほ》めているところを見たことがあるから。

俺がやっているのはせいぜいが兄上のちょっとしたお手伝い、としか考えていなさそうだ。

「……ヴィー」

君は元気かな。俺は頑張ってるよ。

そう思いながら、資料……主にメモの整理に入る。

血がにじんでいたり土で汚れたりしているのは、どうやら討伐を終えたその場で書いているもののようだ。忘れないうちに倒した種類や数、入手することができた素材などをチェックしている。

これを自分たちで報告書にまとめるのが、普通の部隊の仕事だ。それを兄上やその配下たちは、俺にやらせているわけだ。……これ、内容が内容なら機密漏洩になると思うんだけど。家から出られない俺には、そういうこともできやしないけどね。

メモの内容整理が終わったところで、種類ごとにざくざくと書き写していく。一度まとめてしまわないと、多すぎるメモが散らかってしまって苦労するんだ。

「……ふう」

書き写しが半分ほど終わったところで、俺の部屋の扉がこんこんこんとノックされた。答える前に、その扉は向こう側から開かれる。

「失礼します。セオドール様」

「バロットさん。なんですか？」

自分で扉を開いて入ってきたのはバロット。この家の執事で、つまり父上の一の部下と言っていい存在だ。

真っ白のオールバックにガッチリした身体つきは、父上に戦闘を教えた師匠だという過去の名残。もちろん、今でも強い。俺は、指一本で弾き飛ばされて終わりだったからな。兄上はきっちり教わっているそうで、俺が兄上に敵わない理由でもある。

「旦那様がお呼びでございます。最優先で、お部屋にご案内するよう仰《おお》せつかりました」

「え？　は、はい」

バロットにそう言われて、俺は思わず目を瞠った。父上が、俺を呼ぶことがあるなんて。というか、家にいたんだ。

……もっとも、どうせろくな用事ではないだろうと思う。兄上に立場を叩き込まれて以降、バロットや他の使用人たちに連れられていった先であったことといえば、新入り相手の模擬戦とか、新作魔術の的とかである。

アルタートンの人間は妙に丈夫な身体をしているようで、模擬戦の相手として俺は便利な存在、ということらしい。

とはいえ、呼ばれたのだから行かないという選択肢はない。

「わかりました。案内してください」

「はい。おいでくださいませ」

俺が承諾すると、バロットはそのまますたすたと部屋を出ていく。俺は慌てて、その後をついていった。


到着したのは、父上の執務室。アルタートン家当主のみが使うことを許される、とにかくシンプルに設《しつら》えられた部屋だ。

「旦那様。セオドール様をお連れいたしました」

「入れ」

「失礼します。父上」

お祖父様の頃からこの家に仕えているバロットですら、父上の許しがなければ入ることを許されない。後は兄上と、父上の配下と、掃除に入るメイドが数名ってところか。俺なんて、入室したことがあるのはせいぜい二、三回だっけな。

そうして、今回俺が呼ばれたそのわけを父上は、さっくりとぶつけてきた。ひどく上機嫌な顔で。

「我がアルタートンに、喜ばしい話が来た。ハーヴェイ辺境伯家より、ご嫡女《ちゃくじょ》に婿をもらいたいという申し出があってな」

ハーヴェイ辺境伯家。

コームラス王国の国境を護る家のひとつで、王家の覚えもめでたいと聞く。彼らが周辺国に睨みをきかせているからこそ、この国は大きな戦もなく平和に過ごすことができている、という話だ。

たしか、次期当主と目されているのは長女のヴァイオレット嬢だという。……え、ご嫡女の婿ってそういうことか？

「王家の信頼を得ているかの家と繋がりを持つことで、我が家の格もさらに上がるというものだ。受け入れない理由はない」

父上の上機嫌の意味が、その言葉に表れている。つまり父上は辺境伯家と姻戚関係を結ぶことで、アルタートンの価値を引き上げるチャンスをものにしたわけか。

そうして、俺を呼んだ理由はつまり。

「……婿に出るのは、俺ですね」

「当たり前だろう。我が家の大事な跡継ぎを出すわけがない、役立たずのお前が最適だ」

役立たず。そう言って父上は、俺を鼻で笑う。父上にとって俺は、兄上の書類の手伝いをしているだけの穀潰《ごくつぶ》しにしか見えていないからな。

王都守護騎士団の副長という役職に就《つ》いている以上、父上が今日のように在宅していることは少ない。兄上の、家での仕事ぶりなど見たこともないのではないだろうか。

それに……仕事ぶりはともかく、兄上がこの家の後継者だということは決定済みだ。ベルベッタ嬢という婚約者も既にいて、結婚も間近だ。だったら、次男である俺が家のために婿に出されるのは、至極当然のことだ。

さて、そうすると俺は何をすべきか。

「わかりました。それで、どうすれば」

「三日やる。すぐに荷物をまとめろ」

「……は？」

三日。

荷物をまとめろ。

要するに、あと三日で俺はこの家を出て辺境伯家に婿入りする、ということか。ひどく急な話ではあるが、おそらく少し前にハーヴェイ家からは婚約の打診があったのだろう。

俺の意見を聞く必要はない。この家にあって、父上の言葉に対する拒否権は俺にはないのだから。

父上はそれでいいとして、ハーヴェイのほうの都合はついているのだろうか。しかし、その疑問はあっさり解消する。

「こちらからそう申し出て、ハーヴェイも承諾している。次期当主が間もなく妻を迎える家に、役立たずの弟がいては面目が立たん。ちょうどいい話だった」

「……わかり、まし、た」

喉が引きつってうまく発音できなかったけれど、なんとかそれだけを言って頭を下げる。執務室を出るときにもう一度父上のほうを見て「失礼します」と頭を下げたが、バロットも父上ももうこちらを見ることはなかった。

家を出るのが決定事項であるのなら、すぐにでも荷物をまとめたいところだ。ただ、その前に兄上の仕事を片付けないといけないだろう。期日まであと三日、できることはやっておかないと、兄上に何をされるかわからないからな。

「さて」

自室に戻り、作業を再開しながら俺は、まとめる荷物について考えを巡らせる。他家に婿入りする準備、といっても大した荷物があるわけではない。

「一応婿ってことだし、生活に必要なものは揃えてもらえるはずだよな。となると……」

服と下着はある程度揃えていけば、新しいものはあちらでも手に入れられるだろう。

愛用の文房具……書類をしたためるのにいつも使っているペンとインクと、書き損じなどの紙を束ねたメモ帳は持っていこう。あちらで、あまりいい紙を無駄に使うこともできないだろうし。インクは書類を書くのに必要だから、頼めば仕入れてもらえるとしても。

そして、本。王国と隣接するいくつかの国の言葉を覚えるための教本と、子どもの頃に読んでいた絵本。どれもフォート先生やカティさんが買ってくれたもので俺にとっては大切な宝物だけど、残していったらたぶん捨てられるしな。

「……このくらいか」

これが女性であれば、母上や婚約者などからいただいた装飾品なんかも入るのだろう。けれど俺は男で、かつ兄上の影に隠れた『役立たず』の次男だ。

兄上は騎士団に入った折に父上から剣を贈られていて、それを自室に飾っている。俺には、そういうものはなにもない。

生まれたときに守り刀をもらったらしいけれど、今部屋を探してみてもそういうものは出てこない。一度、兄上がお前にはもったいないとか言っていろんなものを部屋から持っていったことがあるから、おそらくその中に入っていたんだろう。

「ま、いいか」

アルタートンの人間でなくなる俺には、アルタートンの守り刀はいらない。

……ハーヴェイで、ちゃんと暮らしていければいいかな。うん。

ああ、でも結局、ヴィーには会えないままか。それはそうだよなあ、あれは子どもの口約束でしかないんだから。

少なくとも十八歳まで頑張って生きたから、アルタートンの家を出ることになったよ。

ヴィー、君は元気でやっているかな。元気なら、それでいいんだ。

二．出立、そして

そして、三日後の早朝。

俺の見送りに出てきたのは父上とバロットくらいで、母上や兄上は出てこなかった。まだ普段の起床時刻には早いから、ふたりとも寝ているのだろう。

外面《そとづら》の良い父上は、俺の婿入りに際しそれなりにちゃんとした馬車と部隊を用意してくれた。アルタートンの紋章は入っていないけれど、そこそこきちんとした客人用の馬車だ。

ただ。その馬車についてきてくれる護衛の人たちって、俺の記憶が確かなら王都守護騎士団の方々なんだが。

アルタートンの家にも私兵はいるのに、婿入りさせる次男を護衛するのに騎士団の配下を使うのは、なんか違うんじゃないかと思う。公私混同、と言われてもおかしくないよな。

まあ、この場でそれを指摘するつもりはない。どうせ、黙れと鉄拳制裁をくらうだけだろうから。

「辺境伯閣下とご嫡女には、くれぐれも失礼のないようにな。最悪、種馬としての役割だけでも果たせ」

「…………はい」

父上は満面の笑み、というよりはにやにや笑って念を押してくる。他人がいないとはいえ、少しは言葉を選んでほしいものだ。ここにお祖父様がおられたら、即座に拳でぶん殴られていただろうにな。

アルタートンの嫡流は、何かと力押しで済ませることが多いから。

父上の台詞を聞かなくても、この婚約を受け入れた目的はわかる。辺境伯家に俺を婿入りさせることで結びつきを強めて、そのツテを使って隣国との関税や通行税などを値切ろうという魂胆だ。

「婿入り道具の中に、絹の反物を入れてやった。辺境伯夫人やご嫡女に、ちゃんと売り込むんだぞ」

「はい」

アルタートン領の特産品は、絹だ。王都のそばでかつそれなりに質が良いので、王家にも目をかけられているとのこと。そのおかげであちこちの貴族からも重宝されていて、アルタートン家の収入に貢献している。

まあ、ぼったくりなんだけど。

原価とか人件費とかを考えると、本来つけるべき値段の倍は取っている。利益がやたらと多い……というのは、納税やら何やらの書類も見たことがあるので知っているんだよね。

兄上も引き継ぎの一環で書類を見ているはずなので、これについては知っているはずだ。それで何も言わないところを見ると、アルタートン家の総意としてはこれでいいということなのだろう。家の財政が、これで潤《うるお》っているのだから。

彼らにしてみれば、領民が安く作ってくれた絹を他所に高く売りつけて何が悪いという感覚なのかもしれない。これはただの商売上手なだけであり、俺も含めて他人から文句を言われる筋合いはない、という。母上の身内に商人がいた記憶があるから、そちらからの入れ知恵かもしれないけれど。

こんな家に縛りつけられるくらいなら、他所の家に行って種馬になるほうがいくらかましかもしれない。それが、俺が婿入りを受け入れた理由と言ってもいいか。人生終わってるな、と思わなくもない。

顔に出さないようにそんなことを考えつつ俺は、深く頭を下げた。

「それでは父上、お世話になりました。母上と兄上にも、よろしくお伝えください」

「うむ。セオドール、これよりお前の家はハーヴェイ辺境伯家となる。しっかり働き、骨を埋めてこい」

父上、「二度と帰ってくるな」とはっきり言ってくれてもいいのに。俺だって、そのつもりなんだから。

馬車に乗って家を離れ、家のある街を出たところで付き添いの騎士の人が「セオドール様」と窓越しに話しかけてきてくれた。

「ルフェンの街まで、ハーヴェイ家の部隊がお迎えに来られるそうです。我々はそこまでお送りします」

「はい、わかりました。お世話になります」

少なくともこの人は、ちゃんとした感じだな。王都守護騎士たるもの、こうあるべきだとお祖父様ならおっしゃるだろう。

……ん、待てよ。

ルフェンは、うちから馬車で半日ほどの距離にある街だ。アルタートン領の端、王都守護騎士団の出張所があるところで、父上や兄上が任務で向かうことがよくある。

ということは、もしかして。

「あの、もしかしてこの部隊の皆さん、そちらに派遣される方々ですか」

「……はい。部隊長から、同じ街に行くのだからちょうどいいと命じられました」

恐る恐る尋ねてみると、その騎士は困ったような顔をして答えてくれた。

つまり父上は、自分のところの私兵を使うと金がかかるから、騎士団の派遣に乗じて俺を送らせたわけだ。

アルタートン家の紋章が入った馬車を使わない理由もそこだな。紋章入りの馬車だったら、ルフェンから持って帰らなければならないから。

それはやっぱり、騎士団の使い方としてはおかしくないだろうか。団長に訴えれば、父上はただでは済まないと思うんだけど。

「……騎士団の団長さんには、このことを報告したほうが良いと思うんですが」

「我々が提出する書類は、まず部隊長が点検することになっております。団長との面会にも部隊長やその腹心が同行することになっておりますので、……その」

俺の指摘に対して、本当に済まなそうに彼は答える。ああ、書類は父上が先にチェックしてしまうし、直接訴えることも監視されているから無理、ということだ。

たぶん、この手を使って父上や……もしかしたら兄上も、しょっちゅう経費をケチってたと。それって横領じゃないのか、と思うのだけれど、王都守護騎士団の副長である父上がうまくごまかしているわけだ。

「……わかりました。面倒事をお伺いして、申し訳ありません」

「いえ」

ひとまず、それで話を終える。あまり長く話すことでもないし、そういう事情であればどこに父上の配下がいるかもわからないからな。もしかしたらこの馬車の御者さんとか、騎士殿自身とか。

父上は妙に勘が鋭いところがあるようで、魔物や賊との戦闘でも何度か、その勘働きによって武功を上げたことがあるときく。これが兄上には遺伝していないようで、アルタートン家の未来は大丈夫かな。まあ、俺はあの家から追い出された人間だけど。

ただ父上のことだから、何か問題が起きたら平然とハーヴェイに協力を要請してくる、というよりは問題を押しつけてくる可能性がなくはない。そういうことも狙っての、俺の婿入りだろう。

「……」

窓から、外を見る。既に街を抜けているから、あたりは草原と森、あと畑と牧場がちらほら見える。この近辺では魔物はあまり出ないはずだけど、時々アルタートンの私兵や兄上の部隊なんかが見回っているらしい。

俺はあまり家から出されることがなくて、ひたすら兄上周りの書類作成に追われていた。一応、家を出るまでにもらった仕事は全部片付けてきたけれど、この後どうするんだろう。新しい侍従でも雇うか、騎士団の配下を使うか。

「……俺にはもう、関係なくないか?」

いやいや、と実際のところを言葉にして吐き出した。

俺はアルタートンの家から、ハーヴェイの家に婿として出された。父上からは、あちらに骨を埋めてこいと言われている。つまり、戻ってくるなと。

だったらもう、アルタートンの家……その中のことは、俺には関係ないと言っていいだろう。だって、俺は家の者ではないから。

これからは、ハーヴェイの家が俺の家。そちらのために、俺は働けばいい。まあ、どうなるかはわからないけれど。

ヴィー、俺は頑張ったから、あの家から出られたのかもしれないな。君の言葉のおかげだ、ありがとう。

そんなことを考えながら、うつらうつらとする。道がきちんと整備されているせいでほとんど揺れないから、早起きした分を少しだけ取り戻した。

そして、ルフェンの街に到着したのは昼をちょっと過ぎた頃。

ただ、街の少し手前で馬車隊は街道から脇道に逸れた。がったん、とひとつ大きく揺れたので、俺ははてと首を傾《かし》げる。

馬車が通る街道は、悪天候で崩れることを防ぐために道の両脇に縁石が埋まっている。どうやら、それを乗り越えたような。

「道、逸れました？」

「はい。セオドール様を迎えにこられる部隊とは、こちらで落ち合う予定になっております」

「ああ、そういうことですか」

騎士殿に尋ねてみると、そんな答えが帰ってきた。

要するに、俺を連れて街に入ったら騎士隊の私的利用がバレる可能性が高いので、その前にハーヴェイ家に引き渡すということだろう。たしかに、問題を表沙汰にしたくないならそうするか。

そのうち、馬車が停止する。窓から外を見てみると、広場になっているようだ。

「アルタートン伯爵家次男、セオドール様ご到着です」

騎士殿が、声を張り上げた。御者席の背中側に窓があるので俺からも見えるんだけど、俺たち一行の前に別の馬車隊が待ち構えていた。

奥に控えているのは、質実剛健系のしっかりした作りの馬車。先導に立つ騎士さんたちもまた、飾りではなくそのまま戦に出てもおかしくない装備だ。……先頭の人は、馬車についてる騎士さんより少し小柄だな。

そうして、馬車や騎士に記されている紋章は、間違いなく俺が婿入りするハーヴェイ辺境伯家のものだ。

「お待ち申し上げておりました。ハーヴェイ辺境伯家直属騎士隊より隊長、ダンテ・スタットがセオドール様をお迎えに上がりました」

低くて張りのある声を張り上げたのは、先頭の人ではなくてその隣に従っているがっしりしたタイプの騎士さんだった。ダンテさんというらしいけれど、こういう声のほうが迫力はあるよな。

いくら父上との合意とはいえ、辺境伯家からわざわざアルタートンの領内まで迎えに来てくれたのか。それも、直属の騎士隊の隊長さんが自ら。俺でごめんなさい、と馬車の中で祈る。

「スタット殿、お手数をおかけいたします。では、ここよりよろしくお願いいたします」

「無論です。それではマキシミル、積荷の引き渡しを」

「はい」

と、こちらの騎士殿の呼びかけで、ダンテさんが軽装の部下の人に声をかけたようだ。積荷と言っても、俺の手元にあるちょっとした荷物以外は父上が押しつけてきた絹やら何やらなんだけど。

俺はここから、ハーヴェイの部隊とともに辺境伯領へ向かう。手を取ってくれた騎士さんたちとは、ここでお別れだ。

部隊長である父上の命令とはいえ、こちらの騎士さんたちはしっかりとやってくれていると思う。

なんとかしてこの話を騎士団長さんにお届けしたいな、とかなんとか考えている間に、馬車の扉が開いた。俺と話をしてくれていたこちらの騎士殿が、手を差し伸べてくる。

「どうぞ、セオドール様」

「ありがとうございます」

手荷物を持ったまま地面に降りて、軽く身体を揺すった。ずっと座っていたから、少し身体がきしんでいるな。

それから向き直ると、ダンテさんがこちらを見ている。まずは、身分が上ということになる俺が名乗らないといけないんだった。貴族の身分制度、面倒事が多いとはフォート先生も言っておられたなあ。

「セオドール・アルタートンです。此度は急な話の上にわざわざのお出迎え、ありがとうございます」

「改めまして、ハーヴェイ家直属騎士隊隊長、ダンテ・スタットにございます。主《あるじ》の命により、セオドール様をお迎えに上がりました」

思わず頭を下げると、ダンテさんは俺の前に膝をついてくれた。慌てかけたけれど、一応礼儀には則《のっと》っているのだから俺が慌てても仕方のないことなんだよな。

一応俺は伯爵家の次男で、彼がお仕えしている辺境伯家に婿入りする身、なんだし。

「此度の話につきましては、ご案じなさいますな。我らはハーヴェイの家に忠誠を誓った騎士、主の家においでくださる方を迎えに来るのは当然のことです」

「そう言ってもらえると、こちらもありがたいです。どうぞ、楽にしてください」

「はっ」

ひとまず、ダンテさんが動けるように声をかけた。そうでないと、特にこういうきっちりした人はいつまでも膝をついたまま動かない……らしいから。父上や兄上が俺に対してそうするようによく言ってきていたし、フォート先生からも教わっている。

俺は、貴族として生きるのにきっと慣れていない。ハーヴェイの家に、迷惑がかからないといいけれど。

「スタット殿。セオドール様をどうかよろしく、お願いいたします」

「承知しております。ご心配なさいますな」

俺に付き添ってくれているこちらの騎士さんと、ダンテさんが話している。そうしてダンテさんがわずかに横にずれると、俺の前にはさっき先頭に立っていた、小柄な人が進み出てきた。乗っていた白馬は、後ろで他の騎士たちにおとなしく連れられている。

もしかしなくても、この人は女性だ。身体のサイズだけでなく身体つきと、そして着けている鎧の形状や装飾でわかる。ダンテさんや他の騎士さんと異なる造りで、この人が特別な人だということも理解できた。

「お久しゅうございます。セオドール様」

「え？」

涼やかな声で名前を呼ばれて、一瞬気づかなかった。目の前にいる人が、俺の名前を呼んでくれたということに。

その人は兜《かぶと》を外し、さらりと薄赤色の長い髪をなびかせて微笑んだ。小麦色の肌に冴える、涼やかな金茶の目がとても愛らしい。

「九年前のお約束を、果たしに参りました。セオドール様」

「九年前……」

手を差し出しながら彼女が言った言葉を、俺が忘れるわけはなかった。

九年前。

兄上の、十歳の誕生日。

あのときの、薄赤色の髪と小麦色の肌の女の子。

「……ヴィー」

「はい！　覚えていてくださいましたか！」

無意識のうちに手を取った俺の言葉に、ぱっと彼女の顔が晴れた。俺の手を、上と下から彼女の手が包み込んでくる。

ああ、間違いない。俺に言葉をかけてくれて、迎えに行くから待っていろと言ってくれたヴィー。

そうか。辺境伯家のご令嬢、だったのか。俺と同い年のはずだから、兄上よりひとつ下。たしかに、兄上の婚約者候補には見合った年齢だよな、と思う。尤《もっと》も、兄上のお眼鏡には適《かな》わなかったけれど。

「遅くなりました。あのときのお約束どおり、お迎えに上がりましたわ」

「わざわざ、ご自身で」

「わたくしの婿になってくださる方ですもの、当然というものです」

にこにこにこ。

満面の笑みが、俺の努力が無駄じゃなかったことを教えてくれている。

……九年、頑張った甲斐があった。彼女が待っていてくれ、と言ったその言葉を信じて。

彼女はその言葉どおりに、迎えに来てくれたから。父上の思惑などそっちのけで、胸がいっぱいになる。

「ここにおいでくださったということは、もちろんお話はお受けしてくださるのですよね？」

「婿入りは父から強制された話ではあったのですが、お相手があなたであればこちらからよろしくお願いしたいです」

小首を傾げたヴィーに、一応事情はすっぱり言ってしまった。でも、俺の本音もしっかり言ってしまうことにする。

俺はきっと、あなたの隣に立つために九年、頑張ってきたんだから。

「ふふ、よかった」

俺の返事を聞いたヴィーは落ち着いた笑みを見せて、それから自身の胸に手を当てて軽く頭を下げた。

「では改めまして。わたくし、ハーヴェイ辺境伯家の長女ヴァイオレット、と申します」

「アルタートン伯爵家次男、セオドールです」

俺も同じように頭を下げて、そうして気づく。

そういえば結局、九年前はヴィーという呼称しか教えてもらってなかったからな。ハーヴェイ家の嫡女ヴァイオレット、という名前は知っていたけれどそれとヴィーが結びつかなかったのは、俺がうっかりしていたからか。

「ヴァイオレット、とおっしゃるのですか。それで、ヴィー」

「はい。家族の中でしか使っていない愛称ですので、それ以外でお呼びくださるのはセオドール様くらいになりますわね。あら、でももう家族なのよね」

「え。ああ、まあそうですよね」

ほにゃ、と笑うヴィーの表情はとてもかわいらしくて、今着用している騎士服とは少々ギャップがある。でも、とても似合っているよな。

というか、この人がハーヴェイ家の次期当主で……俺の妻になってくれるひと、なのか。本当か俺、夢見てるんじゃないよな。

「ええと……それじゃあ、呼び方はヴィー、のままでいいの、ですか」

「もちろんですわ。正式名がヴァイオレットである、ということだけ覚えていてくだされぱいいのですよ。セオドール様」

本人から許可を得たので、このまま俺は彼女のことをヴィーと呼ぶことにする。うん、決めた。

なんてことを考えている間にヴィーは、俺の腕を取った。彼女の、細いけれどしっかりした感じの腕が絡まってきて。

「ではひとまず、ルフェンに宿を取ってありますの。今日はそちらでゆっくりして、我が領には明日出立《しゅったつ》しましょう。身支度もございますし」

「ええ、わかりました。きちんと支度ができるなら、ありがたいです」

ヴィーに今日明日の予定を教えられて、ホッとする。今朝は追い出されるように、実家を出てきたからな。

身支度とかはともかくとして、とりあえず休めるんだ。よかった。


よかったんだけど。

……ああうん、貴族なんだからそれなりの宿を取っているとは思っていたけどさ。

「明朝、わたくしどもが出立するまで貸し切りですの。まだ婚姻前ですから寝室は別ですので、セオドール様はゆっくり休んでくださいましね」

「は、はい」

ルフェンでは最高級らしい宿を、まるごと借り切っていた。俺とヴィーと、騎士団全員が泊まるためということらしい。

あと、ヴィーと俺はこの中で一番地位が高いということでそれぞれ個室をあてがわれた。今俺たちがいるのは、ヴィーの部屋のリビングである。個室と言いつつ二部屋あるんだよね、さすが。

なお、ヴィーが連れてきた侍女さんが淹れてくれたお茶を飲んでいる最中である。はあ、落ち着く。

「こういうところでお金を落とすのも、貴族としての務めですわ」

「まあ、たしかに。貴族や大商人でなければこのランクの宿は使えませんし、相応の金を払うのは当然ですしね」

一応、俺としても納得はしている。俺には大して手をかけなかった両親も、アルタートンの後継者である兄上にはきっちりと金をかけている……はずだ。夜会などに出る際の衣装とか、私室の調度品とか、結婚式の準備とか。

騎士としての給金や領地からの税収で金はあるので、それを使うことで経済を回すのも貴族としての役目のひとつだ。実家の場合はその金の出処が少々、問題ではあるけどさ。

「昼食がまだですわよね。ご一緒にと思って、準備してもらっているのですが」

「それはぜひ」

ヴィーに誘われて、即頷く。正直、朝はろくすっぽ食べていないからな。それに、一緒に昼食をとるってことはゆっくりと話ができるわけでもあるし。

「いくら口約束したとはいえ、どうやったら辺境伯家のご嫡女が伯爵家のあまり表に出ない次男を婿として迎え入れることができたのか。そのあたりの話に、興味がありますわ」

「ま、セオドール様ったら」

ちょっと意地悪な感じで言ってしまったかな、と思ったけれど。

今度はにんまりと目を細めて、それからヴィーは「もちろん、お話しいたしますわ」と頷いてくれた。

いや、本気で知りたいんだ。あの父上が、ろくな扱いをしていない次男をなぜほいほいと婿に出す気になったのか。

ヴィーが、ハーヴェイ家がどのように話を進めたのか、ものすごく興味がある。

「ただ、わたくしでは知り得ないこともございますので詳しくは家についてから、父からお伺いくださいませ。わたくしは、わたくしが知るだけの事実をセオドール様にお伝えします」

「そう……ですね。たしかに」

そうしてヴィーの言葉に、納得する。いずれにせよ、俺はハーヴェイ家に到着次第現当主であるヴィーのお父上とも顔を合わせるんだし、その時でなければ聞けない話もあるだろう。

「大きくなったらお父さまにおねがいして、かならずむかえにいくからね」

九年前、ヴィーはそう言ってくれた。……当然のことだ。

少なくともヴィーが、ハーヴェイ辺境伯家嫡女ヴァイオレットが俺を婿として迎え入れるためには、ヴィーのお父上に動いていただかなくてはならない。次期当主の配偶者になるのだから、当然さまざまな調査は入っているだろう。

いったいどうやって、彼女はあのときの口約束を果たしてくれたのか。とてもとても、知りたくてたまらない。

三．ヴァイオレットの回想

さて、どこからお話しいたしましょうか。

そうですわね……ここはやはり、きちんと最初からお話しすべきですね。

セオドール様にお会いした日のすぐ後、そこからにいたしましょう。つまり九年前、ロードリック様の誕生日パーティーが終わった、その夜のことになるのですが。

セオドール様もご存じかと思いますが、アルタートン領からハーヴェイ領までは他領を挟みまして、馬車で五日ほどかかります。

ハーヴェイは王都にタウンハウスを持っておりますので、そちらに宿泊でもよかったのですが……パーティー出席となると、着付けやら化粧やらで一日仕事となります。ですので前日と当日は、アルタートンのお屋敷の近くに宿を取っておりました。

「お父さま」

あの日の夜、わたくしはその宿の一室でお父様にお話を切り出したんです。

ロードリック様との顔合わせは事実上のお見合いでしたから、お父様は一瞬ですがお顔を引きつらせておりましたわね。もしかして、あの方と婚約したいなどとわたくしが言い出すのではないかと思ったのでしょう。

「わたし、セオドールさまとおはなししました」

「セオドール？　……ああ、アルタートンの次男だったね」

ですが、わたくしがロードリック様ではなくセオドール様のお名前を出したことで、お父様はさすがに戸惑われたようです。

もっとも、わたくしがセオドール様とお話をしていたあの時。お父様もお母様も、わたくしからそう離れていないところにいました。ええ、いたんですよ。十にもならないひとり娘のお見合いに、親がついてくるのは当然ですものね。

ですから、わたくしとセオドール様がお話をしていたことはお父様も見ていたはずですの。まあ、他の方々とお話もされていたようですし、ずっと見ていたわけではないようでしたが。

「君がそう言ってくるってことは、ロードリックくんよりは話をしやすかったようだね」

「はい！　戦をするより、ご本を読むほうが好きだと言ってました！」

「うっ」

うふふ。

あの時申し上げたことを、覚えておられますか。ええ、お父様が書類作業が苦手という話ですわ。覚えていてくださって、嬉しいです。

あれからずいぶん経っているのですが、お父様は相変わらず苦手でいらっしゃいますのよ。もちろん、重要書類にはきちんと目を通しておられますし、配下や文官との意思疎通もしっかりしているから問題はないはずですけれど。それと、お母様がきちんと見ておりますしね。

まあ、それはそれといたしまして。

「……ふむ、なるほど」

わたくし、セオドール様から伺ったお話をきっちりみっちりお父様にお伝えしましたの。そうしますと、さすがにお父様の眉間にわずかながらしわが寄りましたわ。

だってそうでしょう？

たしかに長男で、家の後継者となられるロードリック様の誕生日パーティーは大切なものだと思います。とはいえ、一歳しか違わないセオドール様の扱いはおかしいものでしたから。

ロードリック様はあのとき十歳でしたけれど、そこから成人するまで……いえ、成人しても家を継ぐまでになにか問題が起きて継げなくなる、という可能性はあります。

こう申し上げてはなんですが、次男であるセオドール様が一歳違いでおられるのはそういったときのため、ということもありますわよね。であれば、その万が一の事も考えてお客様方をセオドール様とも交流させるべきだったのでは、というのが後で聞いたお母様のお考えでございました。もちろん、お父様にお伝えしたことはその後でお母様にもお伝えしておりますわ。ふふふ。

さらに、アルタートン家のご両親がロードリック様を重視なさるのはともかくといたしまして、ロードリック様ご本人はご自身の弟を弟というよりは……その、武術の的か何かのように思っておられる様子でしたわね。セオドール様のお話を聞くかぎり、わたくしにはそうとしか思えませんでした。ちょうど十歳になったばかりのロードリック様の考え方と、そしてご両親の贔屓《ひいき》。お父様だけでなく当時の幼いわたくしですら、その環境はセオドール様に良いものではないと断言できましたわ。

「とはいえ、我々はアルタートン家の身内というわけではないからね。たとえば、当主夫人の実家などであれば口を出すのも許されるが」

ですが、お父様のおっしゃるとおり当時のわたくしどもでは、アルタートンのお家の中の事情に口は挟めません。それに、直接見て聞いたのはまだまだ子どもだったわたくしですものね。

アルタートン伯爵夫人のご実家はたしかグラッサ伯爵家と伺っておりますが、ハーヴェイとはあまり繋がりがございませんのでそちらにご注進、というわけにも参りません。

「まずは、アルタートン家の状況をしばらく見てみよう。一年待ってくれるかな？　かわいいヴィー」

「一年、ですか？」

ですからお父様は、ひとまずハーヴェイのツテを使って情報を集めることにしたようです。そして、セオドール様とロードリック様のお年がさほど離れていない、ということに着目なさいました。

「セオドールくんは、ヴィーと同い年なんだろう？　つまり、来年十歳になる」

お父様の言葉の意味、今ならすぐに理解ができますが当時のわたくしには説明が必要でした。まだまだ、勉強が足りませんでしたわね。

「その時に、ロードリックくんと同じように誕生日のパーティーを開くかどうかを、まずは確認したい。伯爵家の次男であれば、長男の無事を確認した後に結びつきを深めたい家との間で婚姻、という話もあるからね。その関係で、顔見せをすることは当然あり得る」

と、そういうことでした。なるほど、と思ってわたくしはお父様にその時お願いしたんです。

「もし、パーティーが開かれたらわたしはまた、参加したいです」

「そうだね。その時は招待状が届くように手を回す。そうでなければ、こちらも考えがある」

「わかりました。お父さまがそうおっしゃるのなら」

……もし。翌年、本当にセオドール様のお誕生日パーティーが開かれていたのでしたら、そうして招待を受けたのであればわたくしはそれこそ、大喜びで参加しておりました。

ですが、そうはなりませんでした。

「これはつまり、アルタートン家ではセオドールくんの扱いをロードリックくんと差をつけているということだ。婚約者を定めるにしても、完全に家の都合で決めるだろうね」

翌年……秋頃まで待っていたお父様は、アルタートン家の思惑についてそう結論づけました。その間に、王都にいるお友達と連絡を取って内々に調査は進めていたようですわね。

ええ、辺境伯家は国を護る家なのですから当然、王都にツテはあるんですよ。王宮にお勤めの方とか、軍の上層部の方とか。戦の折に協力したり、兵站《へいたん》の融通をしたりなどで昔からいろいろあるんだそうです。このあたりは、そのうちセオドール様も学んでいただけるかと。

「もちろん、家を継ぐ可能性の高い長男とそうでない次男では、扱いの差はある。けれどアルタートン家は、ひとつしか歳の違わない次男を長男の誕生日パーティーとはいえ、客である我々にはほとんど紹介しなかっただろう」

「はい。セオドールさまは、お兄さまのじゃまにならないようすみっこにいなさい、と言いつけられたそうです」

「うん。マージがそれとなく探ってきてくれたけれど、セオドールくんはロードリックくんの補佐につけるようだ。次男だからまあ当然だろうけれど、まだ実務を担当する年齢じゃないのにね」

マージ。ええ、お母様のことですわ。マジェスタ、という名前のお母様をお父様は、マージと呼んでおりますの。ですからセオドール様も、わたくしのことを遠慮なくヴィーとお呼びくださいましね。

……こほん。お話を続けますわね。

つい先日まで、セオドール様はロードリック様の事務作業をお手伝い、というか丸投げされていたそうですわね。当時……ですから八年前になりますか、その頃からアルタートンのご当主やロードリック様はそのつもりでおられたようです。

こう、言ってはなんですがアルタートンの家の中で飼い殺しにするつもりだったのでは、とわたくしは考えております。質の良い文官を雇うには相応の給与を払わねばなりませんが、独身の息子であればそれも必要ございませんし。

まあ、セオドール様もそうとお考えでしたか。……これで、ほぼ確実ですわね。

「ロードリックくんには婚約者ができたし、彼はアルタートンの家を継ぐことがまず決まっているね。さて、ヴィー。君は？」

それはともかく、お父様は不意にわたくしにそう尋ねてこられました。わたくしは胸を張って、答えました。

「わたしは、ハーヴェイ家の長女です。問題がなければ、わたしがハーヴェイの家を継ぎます」

「うん。けれど、まだそれは確実ではない。わかるね」

「はい。わたしは、わたしの実力をもって後継者の地位を確実にしなければなりません。そうですよね。お父さま」

ハーヴェイ辺境伯家は、そもそも武力をもって爵位を得た家柄です。当主もある程度は戦力となることが期待されますし、その実力を示すことができなければ当主の座に就くことはできないのです。

この点、アルタートンや他の多くの家とは違いますわね。

現当主の第一子であるわたくしでも、実力がなければ家は継げないのです。故にこの時点でわたくしは、あくまでも次期当主候補のひとりでした。

「そうだ。私の後継者、ハーヴェイの次期当主としての地位を、君は確実に手に入れなさい。そうすれば、私は、ヴィーが望む婿を迎え入れてみせよう」

お父様はそのことを挙げて、わたくしに条件を課しました。わたくしがあの日、セオドール様と結んだ口約束を果たすための。

　ハーヴェイの次期当主となることができれば、わたくしは家を次代につなげるために婿をもらうこととなります。婿として、わたくしが望んだセオドール様をお迎えすることができます。

　ですからわたくしは、努力しました。身体を鍛え、武術を学び、剣の腕を磨きました。もちろん、当主になるための学問も相応には学びましたし、マナーも覚えましたのよ。

　その結果、わたくしヴァイオレット・ハーヴェイは一昨年、十六歳の誕生日をもってハーヴェイの後継者の地位を手に入れました。物理的に。

　え、物理的にってどういうこと、ですか？　申し上げたまま、ですわ。

　わたくしだけでなく、分家の者たちにも相応の年齢に達した者はおります。その者たちはハーヴェイ本家を訪れ、このわたくしと剣をもって勝負いたしました。最終的に勝ち残った者が、ハーヴェイの次期当主となるという決まりのもとに。

　わたくしが敗北していれば、勝者がわたくしの婿もしくは義理のきょうだいとして次期当主に収まっていたでしょうね。ですが、わたくしは勝ち抜いてみせました。

　なにしろわたくし、当時既にハーヴェイ家守護騎士団の副団長にもなっておりましたもの。セオドール様とお会いしたときに着用していたのは、わたくしが職務で着用しているものですわ。馬も、普段から乗っている愛馬のシルファでございます。

　そうしてわたくしはわたくしの地位を固めました。お父様はわたくしとの約束どおりにわたくしの望む方……つまり、セオドール様をハーヴェイの婿として迎える段取りをつけてくださったのです。

わたくしからセオドール様にお話しできるのは、このくらいでございましょうか。

四．ハーヴェイ領へ

彼女としてはざっくりと、であろう説明を受けて俺は目を丸くしていた。

場所は宿の食堂にある個室で、この場にいるのは俺とヴィーとヴィーの侍女さんだけ。この大人びた感じの侍女さんは昔からヴィー専属で、いつも彼女に従っているのでヴィーが話してくれた内容もほとんど知っているとのこと。

食事は宿の従業員さんが適宜運んでくれる形式で、それを侍女さんと分担して配膳してくれている。コース方式の昼食は、魚がメインの新鮮なものばかりでとてもおいしい。

「あら。いかがなさいました？　セオドール様」

「…………いや」

おっと、食事にかまけてる場合ではなかった。青臭くなくて美味な川魚のソテーを飲み込んで、ヴィーに向き直る。

「ヴィーは、俺よりずっとたくさん努力してきたんだなって思ってしまって」

話を聞いた感想を、俺は素直に口にした。

俺は、アルタートンの家では基本的に書類の処理ばかり手がけていた、それ以外の、たとえば戦闘訓練とかはまあ、フォート先生のもとで少しはやっていたけれど。

それでも俺が九年間やってきたことは、ヴィーと比べるときっと大したことではない。アルタートンの家系はハーヴェイと同じく、武功で爵位を得た家だけど……俺は、その血にそぐう戦闘力はまだ持ち合わせていないから。

「そんなことはございませんわ。わたくし、その、お父様譲りで書き物が少々苦手でして……」

「ありゃ」

だけど、ヴィーからは戸惑うような答えが返ってきた。彼女の顔を見ると、真っ赤になっている。たぶん恥ずかしいのだろう、頬を両手で押さえて少し伏し目になっていた。

ああかわいいな、と思う。そして、俺には彼女のためにできることがあるってことがわかって、ほっとした。書類作業なら、俺は得意だから。

「いえもちろん、きちんと書類は読みますわ。書くべきものは文官にもお手伝いいただきますけれど、しっかり書きますから！」

「ええ、わかっています。比較対象にするのもなんですが、兄も一応騎士で次期当主ですからね。それなりに任務の多さや厳しさは理解しているつもりです」

「あ、ありがとうございます……」

書類を読むのも書くべきことを書くのも、その任に当たっているのであれば当然のことだ。当然ではなかった人物も俺はよく知っているけれど、ヴィーはそうじゃないだろう。

一番身近だった『騎士職にある次期当主』があの兄上だというのが少し腹が立つけれど、でもその仕事を押しつけられていたせいでそれがどれだけ忙しいことであるのかは理解できるつもりだ。まあ、王家に仕える騎士団と自身の家の騎士団とではいろいろ違うだろうけどさ。

「それに、そういうことであれば俺は、ヴィーのお仕事を手伝うことができますね。書類捌きなら、任せてください」

そうして、俺は自分にできることを宣言してみせる。途端、ヴィーの顔がぱっと晴れた。まだ、真っ赤なままだけど。

「お、お願いします。もちろん、わたくし自身も頑張りますわ」

「ええ、一緒に頑張りましょう」

「はい！」

テーブル越しに伸ばした俺の手を、ヴィーはきゅうと両手で握ってくれた。細いけれどしっかりしていて、まめもある手。

君が、あの日から九年間努力していたその証し。


「……はあ」

与えられた部屋、寝室のベッドにごろんと横になる。夕食まではゆっくり休んで構わないとのことだったので、お言葉に甘えることにした。明日にはこの街を発ってハーヴェイ領に向かうので、その前に体力を回復しておけということだろうな。

ちなみにこの部屋、宿の最上級の客室だということもあるんだろうが実家にある俺の寝室より調度品などの質が良い。さすがにリネンなんかはアルタートンのもののほうが上だと思うけど、両手両足を目一杯広げてもまだベッドの広さには届かないし。

「……俺、ヴィーのお婿さんになるんだ」

アルタートン、実家のことはひとまず横に置いておく。

九年前、俺を元気づけてくれた口約束の主であるヴィーがヴァイオレット・ハーヴェイ、俺の婚約者だという事実を知ってほんの数時間……も経ってないか。知ってこの街に入ってお昼食べて今、だものな。

「書類作業だけじゃ、だめだよな」

なんとなく、口に出して言う。自分自身への決意表明、かもしれない言葉を。

ハーヴェイもアルタートンも、戦での功績をもって爵位を得た家柄だ。裏側の思惑はどうあれ、外から見ればその両家が結びついたということで世間は俺に、相応の能力を要求してもおかしくない。

「辺境伯閣下だって、そこには期待してるかもしれないし」

ハーヴェイ辺境伯家当主。名前をクランド様とおっしゃるその方を、俺も少しだけは知っている。コームラス王国の東の端、隣国との境を何代にもわたり守り通している、武術に長けた辺境伯家の現当主だ。

ヴィーのお父上で、彼女と俺との婚約に尽力してくれた……義理の父上となられる方。その奥方様、マジェスタ様も俺の話を聞き、力となってくださったようだ。

その人たちをがっかりさせてしまったら、あの口約束を守ってくれたヴィーにとてもとても申し訳が立たない。

俺はセオドール・アルタートンとして、ヴィーの婚約者として、頑張らなくちゃならない。ヴィーが俺を選んでくれてよかったと、皆に思わせてやらなくちゃならない。

「……それで、父上や兄上が文句をつけてきたら……どうしよう？」

なんだか余計なことまで考えてしまって、思わず首を傾げる。

あのふたりは、もし俺がそれなりに頑張ったらそれはそれで文句を言ってくるはずだ。なんでかわからないけれど、現在のアルタートンの功績は自分たちが得たものであり、俺は役立たずである『ということになっている』からなあ。

兄上から見れば『自分の書類を全部まとめさせていた、字を書くしか能のない弟』で。

父上から見れば『兄の手伝いしかできない、ろくな能力のない次男』だったわけだ。このへんは、ふたりの俺に対する言動を見ていればわかる。

「……辺境伯閣下に、相談してもいいのかな」

兄上はともかく、父上が面倒事を言ってきた場合ヴィーではたぶん対処しきれない。いや、物理的には対処できそうな気がしなくもないけれど、それはそれで問題が大きくなる。

「まあ、関税やら何やらがあるから、そう変なことは言ってこないと思うけど……」

特産品である絹の輸出に有利になるように、という思惑がある実家が、妙なことでその有利さを反故にするような愚かなことはしないと思う。いくらなんでも、そこまで馬鹿ではないだろう。兄上はわからないけれど、父上は。

「辺境伯閣下にお目通りできたら、まずはお礼を言って、それからきちんと話をしないとなあ」

少なくとも、アルタートンは面倒くさい相手であるということは説明しておかないといけない。それでこの婚約をなかったことに、と言われたらそれは仕方のないことだ。

でも俺は、ヴィーの隣に、いたいな。


翌日ルフェンを発ち、アルタートン領を出た。隣の男爵領に入り、宿場町で一泊。先に進んで、別の街でもう一泊する。

さらにその翌日の夕方になって男爵領を抜け、ハーヴェイ領に入った。

小さな男爵領を挟んでいるけれど、アルタートン領とハーヴェイ領はそこまで離れているわけではない。アルタートン領が王都から馬車で一日の距離。男爵領を通り抜けてハーヴェイ領に入り、国境まででも五日ほどの行程だ。

コームラス王国は周囲から見ると小国でアルタートンやハーヴェイ、北のブライナ侯爵家などの武力に優れる家が護っているために独立を維持している。それぞれの領地の間には、小さな貴族領が緩衝材のように挟まっているんだよね。

それはともかく、ハーヴェイ領に入ったところの街でもう一泊して、翌日。お昼に到着した街は、とてもにぎやかな街だった。

ハーヴェイ領、どころか国内でも名高い商業の街のひとつ、シャニオール。辺境伯家の領地、街道沿いにある大きな街で、隣国との交易品が数多く流通している。

たしか、父上が絹を高く売りつけている商売相手のひとつがここにあるはずだ。なぜか書類を見たことがあるのだけれど、兄上にも勉強のつもりで少し任せていたんだろうか。勉強になったのは俺だけど。

「今日は、こちらのお世話になりますわ」

そんな街の中でも一、二を争うレベルの屋敷に、馬車ごと入っていく。なんでもいいけど、俺が馬車に乗っていてヴィーが騎馬で先導してくれているんだよな……いや、騎士なんだし愛馬だそうだからなあ。

「さあ、どうぞ」とダンテさんに手を差し伸べられて、馬車を降りる。俺がヴィーにきちんとできるように、頑張ろう。そう思いながら屋敷を見上げた。

シャナン・ファクトリー。その屋敷に掲げられた文字にぎくりとする。間違いなく、アルタートンの商売相手だ。

アルタートンの絹を買ってくれているこの企業は、コームラス王国だけでなく他のいくつかの国にも出店している。服飾産業では、国内最大手と言って間違いない。取引の関係で、会社の人がアルタートンの家に来たこともあるはずだ。

それならば、ハーヴェイと取引があってもおかしくはないな。実際、領内に出店しているわけで。

「ヴィーのお知り合いですか？」

「ハーヴェイ家が衣服をお任せしているデザイナーですの」

「え」

お任せしているデザイナー、とな。

ああいや、貴族だしそういうのがいてもおかしくはない。アルタートンにも一応注文先はあったはず、と記憶している。俺はお世話になったことがないけれど、兄上が九年前の誕生日パーティーに着た服はたしかそういったところに手配して作ってもらったはずだし。

一方俺は、兄上のお古を着ていた。

「我が家で必要な服をお願いしているんですよ。だらしなく見えないように、手直しはしてもらったけれど。セオドール様にも新しいものをお仕立てしなさい、と両親から言いつかっておりますの」

「それは、助かります。……その、あまり表に出ないもので礼服とか、ほとんどなくて」

「もちろんですわ。さあ、参りましょう」

「あ、はい」

こういうとき、男前と言っていいのかわからないけれどきっぱりと断言してみせるヴィーはとてもかっこいい、と思う。でも、彼女に腕を差し出すのは、手を絡めてもらうのは俺の役目だ。これは、誰にも渡せない。

扉の向こうは広々とした玄関ホール……というか、さまざまなサンプルであろう、ドレスや礼服が飾られている広間だった。なるほど、これを見て注文の参考にする人もいるんだな。

その中央に、背の高い中年くらいの男性が立っている。背後には動きやすい服装だから、おそらくはお針子さんや作業員であろう人々も並んでいて。

「いらっしゃいませ、姫様。お待ちしておりました。お婿様も、いらっしゃいませ」

「ランデール、相変わらずお元気そうで何よりね」

黒髪をオールバックになでつけている男性は、ランデールという名前らしい。……あれ、見たことがあるぞ。何かの書類で……と思っていたら、彼が俺に向かって軽く頭を下げてきた。

「わたくし、シャナン・ファクトリー、ハーヴェイ支店代表のランデール・シャナンと申します。どうぞ、お見知りおきを」

「支店代表の方ですか。初めまして」

ああ、兄上が父上から任された書類にあった名前だ。支店代表であれば、取引の書類にその名があってもおかしくない。

彼の柔らかめの丁寧な言葉遣いは、優しい人なんだろうなという印象だ。いや、お得意様であるヴィーを相手にしているのだからその態度は当然のことなんだけれど。

「……アルタートン家の次男、セオドールです。……たぶん父がやたらふっかけてると思うのですが、すみません……」

言ってしまってから、余計なことだと気がついた。けれどランデールさんは、うっすらと笑みを浮かべて軽く頭を振る。

「アルタートンの絹には、大変お世話になっておりますわ。たしかに少々お高いのですが、質は大変によろしいですしご案じなさいますな」

「は、はい」

そう言ってもらえて、ほっとした。質が良い、と言ってもらえて助かったとも思っている。品質の悪いものを出していたりしたら、ぼったくりどころの騒ぎではないからだ。……まあ、それならとうの昔に取引を切られているかな。

俺が何を言っても、父上や兄上が絹の値段を下げるとは思えない。それどころか、関税をケチった上で国境の向こうに送り出してさらにふっかける気である。養蚕《ようさん》農家とか、大丈夫なのだろうか……質が良いのに、高すぎて取引してもらえないなんてことになったら。

頭の中がもやもやしてきた途端、くいと腕を引っ張られた。その先で、ヴィーが微笑んでいる。

そうだ。俺には、ヴィーがいるんだ。

「セオドール様。そのあたりのことは、家についてからにしませんか？　まずは、セオドール様の採寸についてお願いします」

「ああ、そうですね。すみません、よろしくお願いします」

「お任せくださいませ。さあ皆様、お仕事ですよ！」

「はい！」

ひどく威勢のいい声を合図に、ヴィーの手が俺の腕から離れる。次の瞬間、ランデールさんの後ろで控えていた皆さんが巻き尺やら定規やらをいろいろ取り出して、俺を包囲した。ああもう、どうにでもしてくれ。いや、採寸だけど。

「はい、お疲れ様でございましたねえ」

……夕方になって、ようやく終了。足の型まで取られたので、どうやら靴も作ってもらえるらしい。

ありがたいことだ。

いや、めちゃくちゃ疲れたけれどね。腕上げてー腕下げてー背筋伸ばしてー息止めてーとか、いろいろ注文はあったし。

それと、好みの色とか調べられたし、あとは髪と目の色のチェック。色見本があって、あれだこれだと作業員の皆さんがとてもたのしそうに選んでいた。俺は濃い目の金髪にインパクトの薄い青い目なので、選びやすかったと思うんだけど。

その選んだ結果を見せてくれながら、ランデールさんと言葉をかわす。お互い、欲しい情報はあるしな。

「アルタートン家はお取引先のひとつでございますが、失礼ながら次男様のお噂はほとんど伺っていなかったのですよ。ですので、どのような方か気にはなっていたのですが」

「どういった感想を持たれました？　素直なものを聞きたいです」

「姫様は、良いお婿様を選ばれたのではないかと。少なくとも、採寸や布選びなどであちらの長男様のような面倒事は起こしませんでしょうし」

「……何かやったんですね、兄上……」

「ですか、ではないのですね。ご想像にお任せいたしますわい、ははは」

思わず口からぽろっとこぼれた言葉に、ランデールさんは苦笑して小さく頷いた。俺の言い方に、思い当たるフシがありすぎるんだろう。何しろ、あの兄上だし。

採寸や布選び、ということは今の俺と同じように、オーダーメイドで服を作ってもらったわけだ。

たぶん、そのときに細かいところでゴネたのだろう。

兄上のファッションセンスは知ったことではないけれど、プロに任せたほうがいいのではないかと思う。こだわりがあるなら、最初に言えばいいだけの話だ。

まあ、もう俺には関係のないことだ。兄上、そして父上や母上が頑張ってくださればいいことだし。だから。

「次回からは、遠慮なく反撃することにいたしますわいな。絹自体は他の領地でも生産されておりますし、その質もかなり向上しておりますからね」

「ええ、よろしくお願いいします。アルタートンの絹は、質は良くても中抜きが多すぎて、領民に還元する利益が少ないなあと思っておりまして」

「おや。そういうことなら、冗談抜きで遠慮は要りませんねえ」

何故かランデールさんと、うっひっひと変な笑いを同時に浮かべてしまった。このあたりの話も、辺境伯家の方々にお持ちすることにしようか。

ヴィーが俺を見つけてくれた手土産には、足りないかもしれないけれど。

五．領都ハーヴ

馬車の旅も、間もなく終わりに近づいてきた。窓から見える景色の中に、石造りの高い塀……城壁、が見えてきたのだ。

ハーヴェイ辺境伯領の中心都市、領都であるハーヴ。話には聞いたことがあったけれど、防御力がかなり高い要塞のように見える。……いや、もともとは国境を護り外敵や魔物と戦うための砦で、それが大きくなったものなのだから間違いなく要塞か。

「あれが、ハーヴの街を護る城壁ですね」

「ええ、そうですわ」

馬車に寄り添うように歩く馬の背から、ヴィーが小さく頷いてくる。

ちなみに街の名前はハーヴェイ姓にちなんだものだそうで、ヴィーは「先祖はネーミングセンスに欠けていましたから」とあきれ顔をしていた。アルタートン領の領都もアルスって名前だし、領主家由来っていい名前だと思うけどな。

「もともと戦好きでこのような場所に拠点を構えたのですから、当然あのような感じになりますわね」

どんどん近づいてくる城壁は、本気でかなり高い。目測だけど、三階建ての建物くらいある感じだ。領地の中心に近いところにある街だけど、領主が住んでいる以上防御力を高めるのはおかしくない。街ごと、というのは国境付近ならではだろうけれど。

「自然災害や魔物の襲撃もあるだろうし、そういったときは避難所になりますからね。これでいいと俺は思いますよ」

「はい。国境地帯ですし、どうしても大型の魔物が出てくることはありますわ。……それと、無法者と見せかけた近隣諸国からのちょっかいとか」

「昔はそうだと伺っていましたが、今でもあるんですか」

「内々に片付けているので、表沙汰にはなりませんけれどね。もちろん、王都にはその都度ご報告申し上げておりますが」

「はあ……」

にっこり笑うヴィーだけど、地味に目が笑ってない部分があるのは仕方のないことだと思う。

コームラス王国といくつかある隣国との関係は、現状小康状態といったところだ。お祖父様が現役当主だったころはそれなりに戦もあったと聞いているけれど、俺が生まれてから大きな戦争は起きていない。ヴィーの言う小競り合いが、どの程度の騒動なのかはわからないが。

けれどそれは、ハーヴェイを始めとする国境を護る人々の努力で成り立っているんだ。これからヴィーも、辺境伯閣下の後継者としてそこに立ち向かうことになるわけか。

うん、俺も頑張らないといけないな。腹芸は得意、とは言えないけれどこれから修業……できるかな。もしかしたら、辺境伯夫人とかがお得意かもしれないな。当主の配偶者、ということなら俺と同じ立場になるわけだし。


そんなことを話しているうちに、石の塀はもう目の前に来ていた。普段から下りているらしい跳ね橋を通り、巨大な木造の門扉をくぐり抜けて街の中に入る。

中は、意外に普通の街だった。街の外を、ぐるりと巨大な塀が取り巻いているだけで。

石畳の道が整備されていて、建物……いま馬車隊が通っているのはメインストリートのようで、そこに沿って並んでいるのは大きな店や役所などだ。住宅は、もう少し奥まったほうにあるようだ。

人通りは領都ということもあってか、そこそこ多い。ただ、馬車隊が通るので皆脇に避けてくれている。……なんか恥ずかしいので、顔が見えないように引っ込んでいよう。

「あ、姫様だ！」

「おかえりなさーい！」

「ひめさまー！」

その人たちから、ヴィーに声がかけられている。領主の娘なんだから姫様、で問題ないよな。ランデールさんも姫様って呼んでいたし。

で、ヴィーはというと……窓からこっそり覗いてみると、皆に視線を向けながら手を振っている。愛馬が落ち着いて歩いているから、危なっかしいこともない。

「すごいな、ヴィーは」

これだけで、ヴィーが九年……いや、それ以上に努力を積んできた結果というものが見えてくる。良き領主、当主となろうとした彼女は、その過程を見ていたであろう領民から信頼と支持を得ているんだ。

というか、その努力ってヴィーの発言が本気の本当であれば俺をここに連れてくるため、だよね。九年前、たった一度しか会っていない伯爵家の、『役立たず』と言われた次男を。

「……」

あ、急に顔が火照るのがわかった。手のひらで頬を触ってみると、やはり熱くなっている、と思う。

俺は、そこまで愛してもらえる人物なんだろうか。いや、俺だってずっとヴィーの言葉を頼りに頑張ってきたけれどさ。

ああまあ、表向きには一応政略結婚、という感じではあるのだけれど。それでも、相手がヴィーだったから俺は今、ここにいる。

「姫様、その馬車に乗っているのがお婿さんですかー？」

「そのとおりですわ！　まずはお父様にお会いいただきますから、皆様にはその後お披露目いたしますわね！」

「やったあ！」

「ぶっ」

途端、街の人とヴィーのやり取りが聞こえてきて吹き出してしまった。ああそうだ、俺はこれからハーヴェイ辺境伯閣下にお目通りを願って、ヴィーが九年前に話をしてくれた相手だということやら何やらでいろいろお話があるんだ。

……で、その後に街に出る、ということかな？　いやまあ、これから暮らすことになるんだから、ひと通り見ておきたいけれど。

なんだか、辺境伯閣下よりも街の人たちのほうが強敵だ、という気がしてきた。この人たちにも認めてもらって俺は、きっと胸を張ってヴィーの隣に立つことができる。

「……いや。俺はそもそも、そのつもりでここに来たんじゃないか」

ぱん、と頬に手のひらを叩きつけて、気合を入れる。

いくら父上が自分たちの利益のつもりで押しつけたと思っていても、ヴィーが俺を連れてきたいからと考えていても、俺はそれを自分で受け入れて馬車に乗ってやってきたんだ。

ヴィーと一緒にいたいから。

「セオドール様。間もなく、辺境伯邸宅に到着します」

「あ、はい」

外から聞こえたダンテさんの呼びかけに返事をして、座席に座り直した。

辺境伯の邸宅。辺境伯閣下がおられるところで、ヴィーの家で、つまりはこれから俺も住むことになる場所。

辺境伯閣下に働きかけて俺を受け入れてくれたヴィーのためにも、俺は頑張らなくてはならない。

主に、一族の方々や使用人さんたち、ダンテさんの下にいる騎士団の人々と交流して、仲良くなることを。

俺がそんなことを考えているうちに、馬車隊はハーヴェイ辺境伯邸に到着した。正門をくぐり、広々とした敷地の中に入っていく。その中に二階建てのがっしりした造りの屋敷があり、その周辺には果樹園や畑が広がっているのが見えた。

アルタートンの屋敷は一応二階建てなんだけど、こぢんまりした感じ。敷地内に畑とかはなくて、庭園になっていた。まあ、このあたりは地域によっていろいろ違うからいいか。

玄関前の馬車止めで、俺が乗ってきた馬車は止まった。扉が開いて、そこから見えたのは……

ヴィーの晴れやかな笑顔。

「セオドール様！」

「到着したんだね、すぐ降りるよ」

「はい！」

腰を上げたところで、ヴィーがこちらに手を伸ばしているのがわかった。あ、これ、もしかして。

「お手をどうぞ。一度やってみたかったんです」

「え、ああ、うん」

やっぱりか。

ルフェンやシャニオール、他の街ではダンテさんがこの役をやってくれていた。乗ってる男性の手を女性が取って降ろさせる、というのはあまり聞かない。

けれど、ここはヴィーの実家で俺もこれからお世話になるところだ。その玄関先なんだし、何の問題もないだろう。そう思って、俺はヴィーの手を取らせてもらって馬車を降りる。今のヴィーは騎士姿だし、本人がやりたいと言うんだから。

「まあ、女性がやる機会なんてめったにないですよね」

「そうなんですの。それに、セオドール様にしかしたくないですし」

「なるほどね。次からは、俺がやりますよ」

「うふ、楽しみにしています」

地面に降りたところで手が離れたので、逆に肘を差し出してみた。うん、ヴィーはちゃんと腕を絡めてくれた。これでいいみたいだな。

そうして進んでいく玄関先には、なんかえらく肩幅の広い銀髪のおじさんがいた。正装しているけれど顔に傷があって少々いかつい感じ、背筋もぴんとまっすぐ伸びている。バロット同様、引退した元軍人が内務を行っているということだろうな。

「お帰りなさいませ、お嬢様。その方が？」

「ただいま、デミアン。ええ、この方がセオドール様ですわ。というか、知っているでしょう？」

「はい、それはもう」

ヴィーと会話するおじさん、デミアンさんというらしいけれど俺を知っている、ということは辺境伯閣下とともにアルタートンや俺のことを調べた人のひとり、か。お世話になりました、と言いたいな。

「お初にお目にかかります、セオドール様。ハーヴェイ家の家令を仰せつかっております、デミアンでございます」

「初めまして、セオドール・アルタートンです。これからお世話になります」

「おっと、礼はそこまでで」

挨拶をされたので、こちらも頭を下げかけたところで手のひらで止められた。思わず顔を上げると、デミアンさんは冷徹な目で俺を見ている。……観察か。

「アルタートンのお家ではご苦労なされたようですが、ハーヴェイではセオドール様はお嬢様の配偶者となられるお方。つまり、私を始めとする使用人にとっては主となるお方でございます。そのことをゆめ、お忘れなさいますな」

「……そうですね。気をつけます」

この人、というかハーヴェイ側では、俺のアルタートンでの扱いをかなり知っているらしい。その上でデミアンさんは、俺に主たれと言っているわけだ。使用人に頭を下げるな、ヴィーの隣に立つならばそれが当然のことだと。

俺には、帰る場所はない。アルタートン家はもう、俺のことを婿に出した次男とすら思っていないだろう。ハーヴェイとの繋がりのために差し出したモノ、くらいではないだろうか。

対してハーヴェイ家には、ヴィーがいる。ちらりと視線を向けると、すぐに気づいてふんわりと笑ってくれる彼女が。そして、幼かった彼女の言葉を元に動いてくれて、俺をここに連れてきてくれた人たちが。

「あなた方が仕えてよかった、と言ってくれるように精進します。こちらの風習なども学んでいきたいと思いますので、力を貸してください。デミアンさん」

「はい。お任せくださいませ、セオドール様」

だから俺の決意を伝えると、デミアンさんは深々と頭を下げて、それから俺たちふたりを見比べて。

「お嬢様、セオドール様。中で、旦那様と奥様がお待ちでございます。どうぞ」

うっすらと目を細めて、それから俺たちを先導するようにくると身を翻した。ああ、やはりかっこいいな。

と、ここでヴィーが俺の耳元に顔を寄せて、ひそりと教えてくれた。

「デミアンはお祖父様の信頼する部下でね、引退するまでお父様の武術の師を務めていましたの」

「先代の……なるほど。それはそれは」

ヴィーのお祖父様、だから現当主のお父上ということだろう。つまりは先代のハーヴェイ当主、その信頼する部下にして現当主の武術の師匠。

俺が想像したとおり、アルタートン家でのバロットと同じ立ち位置の人ということになる。ただなんと言うか、デミアンさんのほうが頼りになりそうな気がする。いやまあ、俺がバロットにいい印象持ってないだけだけど。

まあそういうことなら、また俺も鍛えてもらえることになるのかもしれない。俺は一応丈夫な身体のはずだし、頑張って教えてもらおう。騎士姿のヴィーの隣に立つのも悪くはないし、それがドレス姿ならもっと俺が守らないといけないから。

……ヴィーの場合は、ドレス姿で戦ったとしても普通に強そうな気がする。気のせいかな。

「さて。お二方、中へどうぞ」

ぎい、と重い扉が開かれる。デミアンさんが開いたその中は、吹き抜けの玄関ホールだ。天窓があるのか、結構明るい。

「お父様、お母様。ただいま、ヴァイオレットがセオドール様とともに戻りました」

「おお、かわいいヴィー。待っていたよ、結構早かったね！」

「そうね。途中の街で仲良くデートとかしてきてもよかったのよ？」

……困った。にこにこと上機嫌のヴィーはまあいいとして、濃い赤のくせっ毛、デミアンさんよりもさらにガタイの良い、おそらくは辺境伯閣下が見事にでれでれ顔で。

その横にいる明るい茶の髪をアップにまとめた女性……ヴィーと似てるから推定辺境伯夫人が、満面の笑みでそんなことをおっしゃっていて。

俺はどう反応したらいいんだろう、と悩みかけていたところでデミアンさんが、「旦那様、奥様」と口を挟んできた。

「応接室に茶の用意がしてございます。そちらで、ゆるりとお話しくださいませ」

「あ、そ、そうだな。睨むなよ、デミアン」

「睨んではおりません」

おや。辺境伯閣下は、どうやらデミアンさんには弱いみたいだ。武術の師匠だからか、今でも頭が上がらないところがあるんだろう。

父上はバロットには上から目線だったはずだから、このあたりは違うんだな。主と使用人、どちらの心持ちが違うんだろう……と考えつつ、デミアンさんの案内で応接室に移動した。

「では、改めて。セオドールくん、我がハーヴェイへよく来てくれた」

辺境伯ご夫妻と、テーブルを挟んで向かい合う。ヴィーは、当然のように俺の隣に腰を下ろした。

まあ、いいよな。

「私がヴァイオレットの父、クランド・ハーヴェイだ。辺境の地を護る、伯爵の位にある」

メイドさんが淹れてくれるお茶のふわりとした香りが漂う中、辺境伯閣下はきりりと顔を引き締めた。先ほどのでれでれとは一変した表情は、さすが辺境伯としての威厳を感じさせる。……第一印象がこれだったら、かなり怖かったかも。

「クランドの妻、ヴァイオレットの母のマジェスタよ。ようこそ、セオドールくん」

そのお隣に座っている辺境伯夫人は、艶やかに微笑む。笑顔に嘘はないのだけれど細められた目にはかなりの力があるな、と感じて俺はつい背筋を伸ばした。

ヴィーはヴァイオレットが本名で、家族にヴィーと呼ばれている。マジェスタ夫人も同様に、辺境伯閣下からはマージと呼ばれているのだとヴィーが言っていたな。そういう愛称、うらやましいな。

「セオドール・アルタートンです。この度は良いお話をいただき、ありがとうございます」

で、俺はこういうときどう挨拶していいかわからなかったので、開き直って本音を言うことにした。

いやだって、アルタートンの実家を出て、ヴィーの婿としてハーヴェイに入るというのは俺にとってはとても良い話、だし。

「ヴィー……ヴァイオレット様に九年前かけていただいた言葉を胸に、大したことではありませんが努力はしてきたつもりです」

「ふむ」

「彼女の言葉を受け入れてくださって、迎えに来てくださって、ほんとうにありがとうございます」

座ったままだけど、深く頭を下げる。デミアンさんや使用人には下げないほうがいい頭だけど、相手は辺境伯家当主夫妻だからな。

ヴィーの話を聞いてくれて、彼女の口約束を現実にしてくれた人たちだから。

「頭を上げてくれ。礼を言うのは、こちらのほうだよ」

「……はい」

ひどく落ち着いた辺境伯閣下の声に、姿勢を元に戻した。ヴィーも含めて皆の視線が、俺に集まっている。

ただ、閣下にお礼を言われる理由は……ああまあ、次期当主であるヴィーに配偶者ができたのは、ハーヴェイ家としてありがたいことだろうからな。

「まあ、こちらにもいろいろ思惑はあるからね。この際、はっきり言ってしまおう」

ただ、閣下のお言葉はそれ以外にも考えるところがあるのだ、ということを示している。俺をヴィーの配偶者として受け入れる理由を、ここで教えてくれるのだろうな。ちゃんと、聞こう。

「もちろん、かわいいヴィーの言葉は君を受け入れる理由のひとつとなった。こちらとしても、家の後継者であるヴィーに良い婿をもらうほうが家のためになるからね。ただ、君がアルタートンの子であることもまた理由だ」

「はい」

そして、俺がアルタートンに生まれたことが受け入れられた理由のひとつでもあるらしい。それはわかる。

「アルタートンの血を引く者は、総じて強い身体を持つと聞く。現在の当主はよくわからんが、先代の当主については我が父が戦の訓練で手合わせをしたことがあってな。デミアン、お前も同席していたな」

「はい。先代アルタートン伯爵は強い肉体と筋力、そして武術をもって大旦那様と互角に渡り合いました。側近のバロットは、それほどでもありませんでしたが」

……うわあ。ハーヴェイの先代と互角、ってお祖父様、実はすごい人だったのか。というかデミアンさん、バロットより強いのかな、もしかして。

いや、アルタートンのお祖父様とは、あまり顔を合わせたことがないから。あのパーティーにはたしか来ていたのだけれど、その前後でも数回会った程度だ。

ただ、お祖父様が家に滞在しているとき、俺はそれなりにちゃんとした扱いをされた、気がする。もうだいぶ昔のことだし、あの頃の記憶で一番強いのはヴィーだから、あまり覚えていないけれど。

「ヴィーに寄り添う、すなわちこのハーヴェイ家を率いていく者には強靱な身体があれば心強いことこの上ない。それに、君はアルタートンの家で嫡男の書類に係る作業を一手に担っていたのだろう？」

「はい、え？」

そんなことを考えているうちに投げかけられた質問に、ついするっと返事をしてしまってから気がついた。

兄上の書類関係の作業を、一手に担っていた。そんなことを知っているのは兄上と、兄上の近しい配下とか侍従とかくらいなのに。父上も母上も、俺のことをほとんど見ていなかったから知らないのに。

「これでも、王都守護騎士団には知り合いが多くてね。アルタートン嫡男の配下に、うちの親戚の子が入っているんだよ」

「セオドールくんとは、お顔を合わせていないかもしれないわね。でも、資料集めとかはやらされているようでね……その流れであなたの話も出てきたのよ」

「……ああ。俺、集められた資料とかまとめてましたからね……今は大丈夫なのかな、兄上」

閣下と夫人、おふたりの言葉にちょっと驚いた。もっとも、ハーヴェイ所縁《ゆかり》の人物が王都守護騎士団に入っていることは何らおかしくないというか、当然いるはずだよな。アルタートンもそうだけど、武闘派の家系だし。

というか、本当に大丈夫なんだろうか、兄上。俺がやっていた資料のまとめとか清書とか、今どうしてるんだろう？

「セオドール様がこちらに来られたのはアルタートンが許したことなのですから、お兄様もちゃんとそのあたりはお考えですわよ。大丈夫ですわ」

「そうね。まさか、何も考えていないことなんてないでしょうしねえ」

「まあ、それで事務作業に支障が出たところで、我々の知ったことではないからなあ。ひとり抜けた程度で、通常業務に差し障りがあるほうが悪い」

俺の不安というか疑問は、ハーヴェイの一家が全員で笑い飛ばしてくれた。そうか、俺の知ったことではないんだ。

父上や母上は、俺がやっていたことを知らないだろうから、いなくても問題はないとか考えていそうだし。

兄上が苦労したところで、それは自業自得というものだってことか。

「さあセオドールくん、お茶が冷めてしまう前にどうぞ。王都で人気のあるものを選んでみたのだけれど、好みがあれば言ってちょうだいね？」

楽しそうに夫人がおっしゃったので、お茶をいただくことにしよう。いや、わりかしなんでも飲むんだけどね。こう……実家では、俺の好みとか気にされたことなかったし。

六．ある日のアルタートン家・一

「ロードリック、参りました」

「入れ」

父上がこの俺、アルタートンの長男であるロードリックを執務室に呼ぶことはそう多くない。ただ、呼ばれたときに話されることは重要な事柄ばかりで、だから俺は気を引き締めて開かれた扉の中に入る。

「何用でございましょうか」

「今日は、我が家にとっては喜ばしい話があってな。お前にも伝えておかんといけないことだ」

にやり、と笑う父上の表情は、この部屋に入った俺がよく見るものだ。絹の販売価格を上げることができたときとか、魔物討伐などの功績を挙げたことで王家よりお褒めいただいたときとか。

ただ、今回は少々違う話だった。

「セオドールが、ハーヴェイ辺境伯家に婿入りすることになった」

「はい？」

ハーヴェイ辺境伯家。……ああ、たしか東の国境を護っている、田舎貴族だったか。

この田舎貴族、という言い方は母上から伝染《うつ》ったものだ。母上は、ご実家のグラッサ伯爵家におられた頃から辺境に領地を持つ貴族のことをそう言って馬鹿にしておられた。問題が起きたときにまず動かされる彼らは、王家からはさほど期待されていないのだと。

王都守護騎士団の一員として働く身となってからは、俺もそう思うようになった。

お祖父様の時代には国境を接する国々との諍《いさか》いも少なからずあったと聞くが、既に五十年ばかり前の話だ。辺境貴族の存在する理由は、失われかけている。せいぜい、国境を出入りする商品や旅人などから税を取り、王宮に納付する役割くらいか。

辺境に領地を持つ家は、王都の護りに呼び戻されなくても構わない存在なのだろう。その家のひとつに、あの役立たずの弟が婿入りすることになった、ということか。


たしか……ハーヴェイのひとり娘とは九年前、俺が十歳になった記念の誕生日パーティーで会ったことがある。アルタートンの跡継ぎであるこの俺の婚約者、いずれは妻となる娘を選ぶために父上も母上も、張り切って多くの貴族を呼んでくれたからな。

大概の者たちは、アルタートンの家に娘を嫁入りさせるためにひどく腰が低かったりおべっかを使ったりしていた。見え見えの態度だったが、それでも俺はまだ十歳だったし気持ちがよかったもんだ。

ただ、その中にあってハーヴェイの娘は違った。まあ、最初はよかったんだがな。

「ハーヴェイ辺境伯家の長女、ヴァイオレットにございます。初めまして」

「楽にしろ。そうか、お前があのハーヴェイの跡取り……にはなれないか。女だもんな」

俺はこの時、その考え方が当然だと思っていた。辺境伯であるハーヴェイ家の立ち位置は知っていたし、国境を護るための軍を率いるのであれば、当然当主は男だろうと。だからこそ、こいつは親を伴って俺の誕生日パーティーに来たのだろうとも。

我がアルタートンとて、代々嫡男が家を継いでいる。十歳前後で能力を開花させ、高い戦闘力を持った者が嫡男となる……この俺のように。

「あら。アルタートンの跡取り様は、今どき信じられないお考えなんですね」

「は？」

だから、あいつの反論には目を瞠った。今どき、って父上だって同じ考えだぞ。母上は家にいるし、戦で指揮を執《と》ったりできないし。

「招待状をいただきましたのでお伺いしましたが、アルタートンのお家がそういうお考えなのであればわたしには縁がありませんね。では、失礼いたします」

だのにあの娘、ヴァイオレットは俺のことを鼻で笑って、そうして身を翻した。俺だって、お前のような妻など御免《ごめん》だが。

それでも、人を馬鹿にしたまま行くなんて冗談じゃない。だから俺は、あいつを追いかけた。

「この、待てっ、謝れ！」

「あらあら。本日の主役の方が、声を荒らげてはいけませんわよ」

だがすぐに、俺の身体をひょいと持ち上げる者がいた。声からして女なのは間違いないが、ばたばた暴れる俺を近くにあったチェアの上にすとんと座らせてしまう。

「娘が失礼いたしました。あの子はハーヴェイの後継者、その第一候補ですのでね。気が強いのですよ」

にこにこ笑うのは……言葉の内容からしてハーヴェイ辺境伯の夫人に間違いなかった。つまり、ヴァイオレットの母親。

お前の教育のせいで娘が生意気なんだ、と叫ぼうとして彼女の目に、射すくめられた。

「わたくしから言っておきますので、ロードリック様もここは穏便にお願いいたしますわ。アルタートンのご嫡男ともあろうお方が、たかが小娘ひとりにお怒りとかございませんわよね？」

言葉だけを見ればへりくだっているように聞こえなくもない言葉だが、その実彼女の目はそう言っていなかった。

おとなしくしてくれなければ、この場がどうなるかわからない……そう言っているようで俺は、こくこくと頷くしかできなかった。

結局、俺の婚約者にはガーリング侯爵家のベルベッタが選ばれた。少し気の強いところはあるらしいが、それでも俺にはきちんと従ってくれるいい女だ。母上の親戚でもある彼女を選んだのは、間違いではないはず。


で、あの生意気な女が嫡女として、その女を生んだ辺境伯夫人が義母として控えるあの家に、セオドールは放り込まれることになった、というわけか。

「あちら側からの申し入れですか」

「そうだ。王家の覚えめでたい我がアルタートンとの繋がりをぜひとも、ということで承諾した」

なるほど。そういうことであれば、たしかに父上が断ることはないな。あのヴァイオレットは結局辺境伯家を継ぐことになったようだから、その夫にセオドールがなれば辺境伯家の次代はアルタートンの血も継ぐことになる。いわば、身内だ。

そうかそうか、うちの血が欲しくて今頃そんなことを言ってきたのであれば、そりゃ父上もセオドールを渡すだろう。うんうん。

「あちらにはシャナン・ファクトリーの大きな支店もあるからな。絹を持たせて売り込めば、うちの収入もさらに増えよう」

「たしかに」

シャナン・ファクトリーは、主に布や衣類関係を取り扱っている商会だ。アルタートンの絹を売りつけるお得意様のひとつで、うちを儲けさせてくれているありがたい取引先である。

俺も以前、衣装を作らせてやったことがある。少々手間取ったが、それなりに良いものを作ってくれた。ベルベッタも婚姻式の衣装はそこで作りたいと希望しているらしく、母上といろいろ企んでいるらしい。

たとえ田舎貴族であっても、アルタートン製の上質な絹は喉から手が出るほど欲しいはずだ。セオドールを放り込むことできっと、どんどん買ってくれるに違いない。母上のように、良い布を使ってドレスを作りたがる女は多いのだから。

ただ、その話は俺にとっては少しばかり面倒である。俺は、父上にそれを聞くまで気づかなかった。

「そういうわけで、お前の補佐から外すことになった。事後承諾で悪いが、役に立つ者でもなし」

「っ……は、はい」

そう。あの間抜けの役立たずが、俺の補佐をしなくなるということだ。

書類のまとめをやらせていたあいつがいなくなると……まあいいか。俺には、あいつより有能な侍従や部下がいくらでもいるからな。

「三日後には、あれは家を離れる。それだけ覚えておけ」

「承知いたしました。父上」

三日でいなくなるのか、と考えながら俺は、父上に頭を下げて執務室を辞した。


「ドナエル、ライオス、いるな」

「はっ」

自室に戻り、あいつのところに書類を運んでいる担当の部下を呼び出す。もともとは家で侍従として父上が雇ってくれていたドナエルとライオスは、俺に従って王都守護騎士団の一員となった。今では守護騎士としての部下でもある、便利なやつらだ。

こいつらはセオドールと違って騎士団の仕事もしているから、さすがにひとりでは時間がかかりすぎるだろう。俺は実力のあるやつには優しいから、ちゃんと考えて仕事を割り振ってやろう。

「お前たちに、新しい任務を与える。実は、あの役立たずのセオドールが婿に行くことになってな」

「は？」

いきなりのことに、ドナエルが目を丸くする。もしかして、父上に話を聞かされた俺もあのような顔をしていたのだろうか。

我ながら情けないな、貴族の嫡子たるものちゃんと外面は取り繕わなくては。

「やつには書類をまとめる仕事を与えてやっていたが、これからはお前たちにそれをやってもらう」

「え」

ライオスが、微妙に顔を青くしている気がするが……気のせいだろう。単に、新しい仕事に気を引き締めただけだ。

「あれはずっと家にいたからひとりでやらせていたが、お前たちは俺の部下だからな。ふたりでなら、充分やれるだろう」

おや。

気のせいだと思っていたのだが、ふたりとも顔色を悪くしている。もしかして、体調が悪いのか？ いや、俺が呼んだらやってきたのだからそういうわけではないか。

よもや、事務作業が苦手だというわけではあるまいな。セオドールに書類を持っていく役割だったのは、その前に資料や報告書のもとになるメモをまとめていたのがお前たちだったからだ。つまり、得意分野のはずだな。

「あ、あの」

「ん、なんだ？ ライオス、何か文句でもあるのか」

「い、いえ、ありません！」

「その任務、喜んで受けさせていただきます！」

それに部隊長、上司である俺の指示に従うのが部下としては当然のことだろう。もちろん、ふたりとも喜んで受け入れてくれた。

うむ、いい笑顔をしている。これからは『少し』仕事が増えることになるが、その分はなんとかして手当をつけてやろう。

騎士でもなんでもないあいつはタダ働きだったが、お前たちは俺の騎士団における部下だからな。

「そうだろうそうだろう。お前たち、俺のために頑張ってくれよ？」

「了解しました！」

「で、ではこれで、仕事がありますので失礼いたします！」

急いで出ていったあのふたりのために、急いで手配をしてやったほうがいいだろう。父上に相談してみてもいいな、と思う。王都守護騎士団なのだから、給料自体は国庫から出ているのだからな。

それは俺も、父上も同じことなのだから。

……そんなふうに思っていたのだが。

セオドールが家を出て三日後には、俺のところにくる書類の量が減り始めていた。もっとも、俺はそれには気づかなかった。

ドナエルとライオスの作業が詰まっているらしい、と俺が知るのは半月もあとになってからのことだ。

七．二週間後

ハーヴェイ領に来て、早くも二週間が経過した。その二週間で、というかこちらに移ってきてそうそうに、俺の一日の過ごし方は劇的に変わった。

まず午前。朝食をきっちりとったあと、俺はデミアンさん直々に剣術を習っている。基礎体力を作るための走り込みから始まって、体幹を鍛えるための体操とか素振りとか。お昼直前の今は、辺境伯邸の中庭にある訓練場で、模擬戦の真っ最中だ。

「さて……」

重心を落として、構える。両手で握った木剣はかなり重くて、先端が微妙にぶれているのがわかる。対して、鍛錬の相手をしてくれているデミアンさんは平然としていた。普段の家令スタイルからジャケットを脱いでネクタイを外して第一ボタンを外しただけのどう見ても戦闘には合わないスタイルなのに、息の乱れすらない。

「たあああっ！」

一瞬の隙はわざと作ったものだとわかってはいても、ここで突進しないとケリがつかない。そう判断して、木剣を構えながら突っ込んでいった俺の一撃は簡単に跳ね返された。ついでに、左の肩口にぴしりと反撃をいただいて俺は、なんとか後退する。

「本日の鍛錬は、このくらいにしておきましょう」

やっぱり息が乱れていないデミアンさんは、そう言って構えを解いた。

ちなみに。この状態から隙あり、と再度突撃した場合も簡単に弾き返される。一度ならずやったことがあるんだけど、ひらりと片手で回転させた木剣で俺の手をぴしりと一撃、こちらの木剣を落とされた。

そうして「甘いですなセオドール様」と鼻で笑われたのは……いやもう、実力の差がありすぎるって証拠なんだけど。

「はぁ、はあ……あ、ありがとう、ございまひたっ」

とにかく鍛錬が終わり、ということで足を揃え、礼をする。うむ、少し声が引きつった。

まあ、最初の数日は姿勢を整えることさえできなかったけどな。そのうち立って終われるようになり、なんとか声で挨拶できるようになり、と我ながら順応が早いと思う。

「いえいえ。この私の鍛錬についてこられるのは、さすがアルタートンのご子息ですな」

「……丈夫な身体をもらったことだけは、感謝してます……」

まるで平然としているデミアンさん、さすがは辺境伯閣下の師匠だと思う。最初のころは完全家令スタイルで、ネクタイすら緩めることなく俺を叩きのめした人だ。そう考えると、それなりに俺にも実力がついてきている、ということなんだよな。

「セオドール様！」

「ヴィー」

と、名前を呼ばれて振り返る。ヴィーはシンプルなクリーム色を基調としたドレス姿で、とことこと早足で歩いてきた。

その姿で、彼女も別の場所で剣術の訓練をしていた。足元は騎士制服のときに履いているブーツだけど、武装していないときでも相応に戦えるように、ということらしい。

「ああもう、さすがはセオドール様ですわ。とてもかっこよかったです！」

「え」

そのヴィーが上機嫌な笑顔でこの言い方をするところをみると、さっきの模擬戦を見ていたわけだ。

いつからか、とは聞かない。まだまだ俺は、デミアンさんには敵わないし……恥ずかしいところを見られてしまったなあ。

「あ、ああ、見てたのか……ありがとう、ございま」

「んもう。わたくしは婚約者なのですから、敬語は要りませんって何度も申し上げていますでしょ？」

ついお礼を言ったら、途中で止められた。お礼が問題なのではなく、言葉遣いが問題なのだ。こちらに到着してすぐくらいに、敬語はやめてほしいと言われたんだ。婚約者なのだから、遠慮する必要はないって。

だから直すようにはしているんだけど、アルタートンの家ではずっと敬語だったせいで時々出てきてしまうのが難点だ。

「あ、……そうだね。ごめん、癖になってしまっててさ」

「ふふ。そういうところが、セオドール様はかわいらしいんですけれど」

一方、ヴィーのほうは敬語である。これは、俺を迎えるために次期当主となるべく勉強していくうえで身についたものだそうだ。わたし、だった一人称がわたくし、に変化したのもその一環で。

「丁寧な言葉を使っていないと、特に中央におられる貴族の方々は田舎者だとお笑いになるんだそうですわ」

ということだった。たしかに父上とか母上とかが、確実に笑うだろうなと納得はした。

あの人たちは、コームラス王国の国境を護っている辺境伯家や侯爵家などを『田舎貴族』と呼んでいた。表向きには戦争がない状況になって五十年経つ今、辺境を護る家よりも王都を護る家のほうが立場が上、という認識らしい。

その考え方はどうだろう、と思うけれどアルタートンの家では反論することもできなかったから、胸のうちに秘めていた。

まあ、あの家から解放されたのだし今更考えることではないからいいか。それよりも。

「かわいい、と言われるのはもう何年ぶりになるかなあ。褒めてもらえてるのは嬉しいから、ありがとう」

「ええ。セオドール様がそう言ってくださるのが、わたくしにとっては最高の幸せですわ」

「え、ヴィーには敵わないな、もう」

ヴィーといると、ついつい本音が出てしまう。本音を出しても怒られないし、殴られない。当然のことのはずなんだけれど、でもこの生活はたった二週間で俺にすっかり馴染んでしまったので。

「こほん」

「あらデミアン、このくらいは婚約者どうしの交流として普通でしょう？」

「……まあ、そのとおりではございますが。ひと通り汗をかかれたセオドール様の、御身にもなってくださいませ」

こんな感じの、デミアンさんとヴィーのやり取りに俺は笑うことができる。

いやたしかに、俺は朝からの鍛錬をやっとこさ終えたところで、結構汗をかいているんだよね。せめて昼食前には、軽く水を浴びて流したいものだ。

「そうだね。あまり汗臭いとヴィーに迷惑じゃないかな、と思ったんだけど」

「まあ！　鍛錬の後なのですから汗をおかきなのは当然ですわ！　わたくしだって、汗まみれになりますもの」

なんだかんだで、汗かいたのをほっとくと結構匂いがするからそう言ったんだけど、ヴィーは平然と胸を張って言ってのけた。それはまあ、たしかに。

「騎士団副長だものね、ヴィーは」

「はい。ですから、鍛錬も実践も当たり前のことですのよ」

ハーヴェイ家直属の騎士団の副長にして、いずれはそのハーヴェイ家を継ぐヴィー。戦士として己を鍛え、戦うために汗をかくのは当然だと考えている彼女の隣にいるために俺もまた、汗をかいているわけだ。

「セオドール様も、ひと通りお教え終わりましたら騎士団の一員として働いていただこうか、と考えております」

「あ、俺もですか。……まあ、当然か」

と、デミアンさんがそんなことを言ってきた。……ああなるほど、それもそうだな。

そうすると、馬に乗る練習とかもしなくちゃいけないか。アルタートンでは触らせてももらえなかったから、まず馬に慣れるところからのスタートになるだろう。先は長いぞ、俺。

「あの。俺、そういうことなら乗馬の練習もしたいです。実家ではまったくやっていないので」

「ふむ。承知いたしました、手配いたしましょう」

そういうことなのでデミアンさんに頼むと、即座に頷いてくれた。……これで乗れなかったら、事務官かなあ。歩兵でもいいけどさ。

「でしたら、わたくしもお手伝いいたしますわ。馬にも人との相性がございますから、まずは顔合わせからですわね」

「そうだね。じゃあ、ヴィー。先輩として、力を貸してくれ」

「ええ、もちろん！」

まずは馬選びから、らしい。相性のいい馬を選んで、そうして一緒に強くなりたい。

俺はヴィーに見つけてもらったから、今度は俺が見つける番だ。


軽く水を浴びて汗を流し、着替えて昼食の時間。今日は辺境伯閣下……えーと、義父上《ちちうえ》は出ているので夫人……義母上《ははうえ》とヴィーと三人で食べることになる。まだ婚約者なのだけれど、婚姻は決定しているので父母と呼んでほしい、とご本人からのお願いだ。

「まあまあ。二週間でデミアンのネクタイを外させたのなら、誇っていいのよ？　セオドールくん」

「あ、ありがとうございます………………は、義母上」

きゃらきゃらと笑いながらサンドイッチを広げる義母上は、ヴィーという娘がいるにしては若く見える。

ただし、貫禄は充分というか……まあ、義父上の暴走なりボケなりを止める役目だということだしなあ。ヴィーもデミアンさんもダンテさんも、そんなことを言っていた。

「ふふ。男の子に義母上、と呼ばれて悪い気はしないわねぇ」

「お母様、息子が欲しいって言ってましたものね。それに便乗して数名が、わたくしと次期当主の座を争いに来たわけですが」

「ああ」

義母上の感想はともかく、その後にヴィーが言った言葉にはある意味感心している。

ハーヴェイ家の次期当主がヴィーに決まったのは、親戚の若い候補たちと争って勝利したからだ。この場合の争いは一対一の模擬決闘ということだったけれど、ヴィーはやってきた候補者たちをそれこそ物理的に叩きのめした。

で、結果として次期当主に認められたということになる。当主には実力が必要、というのはアルタートンも似たようなもんだ。ただアルタートンの場合は、幼い頃に能力が開花するか否か、という微妙なところだけどさ。

「ヴィーに勝ったらこの家の養子になって次期当主、ということだから義母上の望みも、まあ叶いますね」

というか、候補者の皆さんはそれぞれ実力に自信があったから、ヴィーと戦って勝てると思ったんだよな。だからヴィーに挑戦して、結果として敗北した。

ハーヴェイの係累であり、実際に自分の生まれた家や領地では一番強かったのだろう。彼らはそういう自信を持ってヴィーに挑み、その自信を完膚なきまでにへし折られた。

次期当主がだめならその配偶者、と考えた人たちもいただろうが、その時既にヴィーを筆頭にハーヴェイ家は俺の確保に動いてたようだし。

……違う意味で、俺も覚悟を決めておいたほうがいいかもしれないな。次期当主が望んだ相手であるこの俺に、『ご挨拶』にくる可能性がある。

「ところでヴィー。そろそろあなたも、愛称で呼んであげてもよいのではなくて？」

「えええええ!?」

もく、とサンドイッチをひとつ片付けてから義母上は、いきなり話を変えられた。ヴィーのほうはふたつ目を手にしたところなので、さすがにむせたり咳き込んだりはしない。タイミング読んだな、義母上。

「か、勘弁してくださいお母様、は、はずかしいですっ！」

義母上のタイミングはさておき、時々ヴィーはこんなふうに顔を真っ赤にする。小麦色の肌がまあ、わかりやすく赤くなっているんだよね。かわいいからいいけどさ。

というか。

「俺がヴィーって呼ぶのはいいのに？」

「セ、セオドール様には、最初からヴィーの名しかお教えしておりませんでしたから……」

俺が尋ねたら、ヴィーはサンドイッチと手で顔を隠してしまった。ああほんと、こういうときのヴィーはとてもかわいい。

うんまあ、たしかに初対面のときに君がヴィーとだけ名乗ってくれたから、俺はずっと君をヴィーと呼んでいる。本名のヴァイオレット、と呼ぶことはほとんどない。

そういえば義父上も、義母上のことをマージと呼んでいるんだよな。マジェスタ、だからマージ。

いいなあ、と思う。

俺も、混ぜてほしいなと思ったので。

「俺の愛称、ヴィーがつけてくれたら俺は嬉しいな」

「か、考えておきます……」

「あらよかったわねヴィー。私も楽しみにしているわ」

義母上、ある意味とどめを刺さないでください。ヴィーがテーブルに突っ伏してしまったではないか。行儀が悪いとかそういうことではない。うん。

「あの、義母上。ヴィーが」

「あらいやだ。婚約披露や結婚式になれば、こんなふうに冷やかされるのよ？　フィジカルはかなり鍛えられているのだから、今からメンタルのほうも鍛えておきなさいな、ヴィー」

「……こ、心得、ました……」

いいえ、義母上。それはこじつけの理由だと俺は思います。だって、ものすごく義母上のお顔が楽しそうなんだものな。

それでも、なんとかヴィーが立ち直りかけているのはさすが、かな。実際、そういうことはあり得るだろうし。

ヴィーに負けてハーヴェイの次期当主になり損ねた方々とか、単純に冷やかしたい人々とか。

「セオドールくん。そういう場には、アルタートン寄りの方々も呼ぶことになると思うの。だからあなたも、覚悟はしておいてちょうだいね」

「え。……あ、はい」

俺にも矛先が向いた。とはいえ、たしかにアルタートンは俺の実家なわけで、式とかに呼ばないわけにはいかないだろう。

……逆はどうなんだろうな。兄上の結婚式まで、もう四か月は切れているんだから。

「そういえば、アルタートンの兄の結婚式があるんですが。もしかして俺、出ないといけないですかね」

「招待状が来れば、そうなるでしょうね。身内としては来てほしくなくとも、あなたをダシにヴィーを呼ぶこともできるから」

「ああ、ハーヴェイと縁続きになりましたっていう自慢ですか……」

そういうことなら、あの父上は絶対に招待状を送ってきやがるな。ヴィー宛に送ってきて婚約者様も一緒にどうぞ、なんてふざけたことをやりかねない。

俺はあきれるだけだけど、それでヴィーがおとなしくしているものやら。いや、物理的に暴れることはないとさすがに思うし、もしそういう気配がしたら俺が抑えるしかないのだけれど。

「そのときはそのときですわ。わたくしとセオドール様がどれだけ相思相愛であるか、皆様にお見せするいい機会です」

と考えていたら、ヴィーの考えは違う方向に物理的だった。それはたしかに、ありか。

「なら、招待状が来たら礼服を誂えてもらおうか。お揃いで」

「はい！」

この際、兄上にちょっとだけ自慢してもいいよななんて俺らしくもないことを考えてしまったけれど、でもそれをヴィーは大きく頷いて肯定してくれた。

「ふふ、もちろんよ。その頃には体格も変わっているでしょうから、シャナン・ファクトリーの皆を屋敷に呼ぶわね」

……義母上ものすごくやる気になっている、気がする。

なんだろう、俺、とっても心強い。


午後からは座学と、マナーの勉強の時間。歴史書やハーヴェイ領についての資料を読んだり、お茶の時間をヴィーと一緒に過ごしたりする。アルタートンの家では茶会に出席させてもらえなかったこともあり、忙しいけれどこういう時間は楽しい。

その中で俺は、フォート先生とカティさんのことをヴィーに話した。出席はしなかったけれど、茶会のマナーはきちんと教わったからね。その流れで。

「では、セオドール様の知識やマナーはそのご夫妻が教育してくださったおかげですのね」

「うん。父上としては兄上のついで、って感じだったんだろうけど、俺は助かったよほんと」

「もしお会いする機会があれば、わたくしからもお礼をしなければなりませんわね」

ほわんと微笑むヴィーの言葉に、たしかにそうだと俺も頷いた。

先生たちはシュメアの姓を名乗っていたけれど、既に子爵家を離れている。だから、シュメア子爵家に問い合わせたとしても今どこにいるのかはおそらくはっきりしないだろう。家族の仲が良ければ連絡は取り合っているかもしれないけれど、先生たちからそういう話は聞いていないし。

けれど、もし何かのきっかけでお会いすることができれば今の状況と、そしてお礼を言いたい。あなたたちのおかげで、俺はここにいますよと。

「貴族子女の教育係ということであれば、おそらくお母様のほうが情報は仕入れやすいと思いますわ。探してくださるようお願いしてみますね」

そんなことを考えていたら、ヴィーがそう提案してくれた。ああでも、俺のわがままなのだからヴィーに任せるのはちょっとな、と思う。

「それなら、俺から頼んだほうがいいんじゃない、かな？」

「親子の会話の話題にさせてくださいませ。それに、見つけられるかどうかわかりませんし」

「……なるほど。それじゃ頼むね、ヴィー」

「ええ」

すまなそうに言われたので、こちらが引き下がることにした。おそらくは、安請け合いをして俺に期待を持たせないためだろう。

カティさんはメイドやその関係のお仕事を続けているだろうけれど、フォート先生が未だに教育係などをしているかもわからない。そもそもは王宮の文官だったのだから、そちらの仕事に戻っていてもおかしくないし。

教育係を続けていたとしても、ひとところにとどまるのは基本的に数年と聞く。だから、いずれにしろあちらこちらと移動していると思われる。平和な国内だけれど、そう簡単に探し出せるわけではないな。

義母上が探してくださるのであれば、全てお任せになる。俺にはよその家とのツテはほぼないに等しいから、ここはヴィーと義母上を頼ることにしよう。

夕方には義父上が戻ってこられたので、夕食は皆で一緒にいただいた。近くの森で大型の鹿が取れたとのことで、メインディッシュは鹿肉のソテー。あ、臭みもなくて結構おいしい。

その中で義父上が、デミアンさんから俺についての報告を受けていた。ある程度力がついたら騎士団で働く予定であること、その前提として乗馬を学びたいということを。

「あいわかった。セオドールくんには、明日から乗馬の訓練をしてもらうことにしよう。戦以前に、ちょっとした移動にも馬は便利だからな」

デザートのフルーツゼリーを口に運びながら、義父上はそう言ってくれた。まあ、剣の訓練も続けることになるだろうから頑張らないとな。

「ありがとうございます、義父上」

「乗馬の指導がうまい者をつけるから、安心してくれ。まずは馬に慣れるところからだね」

「はい。馬にはまるで縁がなかったので、これから学びます」

よかった。馬に乗れるようになれば、遠出をするときにわざわざ馬車の準備してもらわなくてもいいからね。

それに、ヴィーと一緒に遠乗りとかできるようになるだろうし。まだ、やったことないからさ。

そんなことを考えていたら、隣に座っているヴィーがにっこりと笑ってくれた。

「よかったです。わたくしもお手伝いしますから一緒に頑張りましょうね、セオドール様」

「うん。お世話になるね、ヴィー」

伊達に騎士団の副団長をしているわけではないヴィーは、幼い頃から馬に乗っていたらしい。最初は義父上とともに、次は小型種に、そして今の愛馬と出会った、とのことだ。

俺にはそういうのがまったくなかったから、正直うらやましい。兄上は……たぶん、それなりの年齢から訓練してたんだろう。今、王都守護騎士団に入れている、ということは乗馬技術に問題はないということだから。

話をしているうちに、ほぼ食事は終了となった。最後にお茶が配られて、それぞれ口に運ぶ。

「あらそうだわ、旦那様。実はね、セオドールくんにちょっとした書類を任せてみたのよ。後でお見せするけれど、仕事は速いしまとめ方も丁寧で、私はとても助かりましたわ」

「おや、そうなのか。実家でも事務作業をよくやっていたんだから、たしかに慣れているだろうね」

母上の言葉で、話題は……結局俺の話なんだけど、また別のところに移る。

少し前に、ハーヴェイ家のあまり機密ではない書類を渡されてまとめてほしい、と頼まれたんだよね。資料も一緒に渡されたので、一日ちょっとで片付けることができた。書式は大丈夫かな、と思ったんだけどよかったみたいだ。

「あ、ありがとうございます。必要な資料は全部揃っていましたので、何の問題もありませんでしたよ」

「作業をお願いするのだから、そのくらいは当然だと思うのよ。調べなければいけないときはそう言うし……アルタートンでは、大変だったのね」

「……はい」

義母上は、俺をいたわるように言ってくれる。それが嬉しくて、仕事をどんどん持ってきてほしいなと思ってしまう……のは、アルタートンでの生活の影響なんだろうな。いかんいかん、ここはハーヴェイだ。アルタートン、じゃない。

「セオドール様の文字はとても美しくて読みやすいので、皆から評判なのですよ。……ううう、うらやましいですわあ」

……何故か、ヴィーがふるふると震えている。

彼女が書類作業が得意ではないというのは聞いていたけれど、実際のところは文字があまりきれいではないからというのがその理由だった。それで、俺が書き方を教えているんだよね。その感想を、ここで述べることにしよう。

「でも、ヴィーの文字も落ち着いてきたよ？　文字っていうのは、読みやすいのが一番だからね」

「そ、そうかしら？　よかったですわ」

「そうだね。騎士たちも言っているけれど、少しずつ読みやすくなってありがたい、ということだ。私も見習わないといけないね」

あ、義父上まで入ってこられた。

騎士団の書類を、ヴィーはなんだかんだ自分で書いている。時々部下に手伝ってもらうこともあるそうだけど、それでも兄上よりはきちんと書類や資料を読み込んでいる。

それに、兄上が俺に書類関係を丸投げした理由のひとつが、ちょっとひどいものだったから。

「……その。比較するのもあれなんですけど、実家の兄よりはよほど読みやすいです。ヴィーも、義父上も」

「え」

「わかりやすく言えば、兄はクセの強い字です。読み慣れてる人でも読み間違いをするくらいに、悪筆なんですよ。子どもの頃から習ってはいたはずなんですけど、どうしても直らなかったようで」

おまけに、まともに書類を作ることを面倒くさがった。部下にやらせていたのならまだいいが、その後は俺に丸投げして自分は知らんぷり。

そんなわけで現在、兄上が書くのは自分のサインくらいだろう。読めないんだけれど、かえってそれが兄上のものだとわかるので何の問題もないとかなんとか。侍従たちの話にちらっと出てきたのを、聞いたことがある。やれやれ。

「といいますか、悪筆のせいもあって兄は自分で書類の処理をほとんどしないんです。以前は右筆がいたんですが、俺がここに来るまではほぼ俺の仕事になっていました」

「なるほど。セオドールくんの文字が綺麗で、文章が読みやすくてわかりやすいから任せちゃったのね」

「あのお兄様の文字がお父様よりよほどひどい、となればそうでしょうね。せめて内容をチェックしていればよかったのに」

これで女性ふたりにはご理解をいただけた。義父上は……というと。

「まあ、私も正式な文書のときはダンテやデミアンに書いてもらっているからなあ。もちろん、内容については私も加わってしっかりと確認するけどね」

これが、文字を書くことが苦手である貴族の当然の行動だよな、と今では理解できる。誰が文章を書くかはともかく、書類の内容については責任者がしっかりと抑えていなければならない。

……兄上、大丈夫なのかなあ。今はまた部下に書類を丸投げしているんだろうけれど、それで任務が滞ったら問題だ。何しろ兄上は、王都を守護するための部隊に所属しているんだから。


その翌日。早速、俺が乗る馬を選ぶことになった。最初からパートナーとして訓練したほうが、実戦のときもうまく動いてくれるのだそうだ。

牧場への案内役は、ダンテさんが引き受けてくれた。……まあ、次期当主の婿だし。

そして、次期当主本人であるヴィーも同行してくれている。彼女自身も騎士なので、俺としては参考にさせてもらいたいし。

「わたくしのシルファも、わたくしが乗馬の訓練を始めるときに選んだのですよ。そうして、一緒に訓練をしていくうちに仲良くなったんですの」

そういうヴィーの愛馬は、初めて会ったときに乗っていたあの白馬。シルファという名のあの馬、地味に目つきが悪かったな。

「ふふふ。敵を眼力《めぢから》で怯ませるためには最適ですわ」

「あはは……」

にっこり笑ってそんなことを言っていたヴィーの笑顔は、大変に晴れやかなものであった。

たしかに目つきの悪さは、敵に対して睨みをきかせるという点では最適だろうけどね。

そんな話をしながら俺たちは、非番だったり主がまだいなかったりする馬たちがのんびりしている牧場へやってきた。領都ハーヴを取り囲む塀の外、門から歩いてさほどもない場所にある牧場は、騎士団の訓練場に併設されていることもありかなり広い。

もちろん、重要施設であるためきちんとした外壁も作られている。いざというときは塀の中に逃げ込むための通用門もあるのだけれど、その場所は騎士団のトップクラスしか知らないとのこと。領都内への侵入口に使われては、たまらないからな。

「たくさんいるんだな。……ええと」

柵の外から見ていたら、俺に気づいた馬たちがぞろぞろと近寄ってきた。いやもう、わかりやすくなんだコイツとか思われてるよね、俺。

「うおっと」

「きゃ、セオドール様っ」

そのうち一頭が、顔をべろんと舐めてきた。独特の匂いがする……これ、慣れないとだめだよね？

あとヴィーは落ち着け、俺より馬には慣れてるだろうが。

「わ、おいこら」

他の馬も髪の毛をはむっと噛んできたり、服の裾を引っ張ったりしてくる。遠目に見ているやつは……なんとなく順番待ちかな、とか思われるのだが、これはいったいなんだろう。挨拶ではなさそうな気がする。

　俺の疑問に答えてくれたのは、ダンテさんだった。

「セオドール様が萎縮しておられるので、有り体に言うと馬に舐められていますね。文字どおり」

「うわ、そうなんですかっやめてやめて草じゃないから髪はそれ以上食べないでっ」

　はっきりと言ってくれてありがたいんだけど……つまり俺、ビビってしまってこいつらに下に見られているのか。いい加減に髪を食うのはやめろくそう、とその口に手をかけたところでヴィーが、半泣きになりながらぺんとそいつの鼻面を軽く叩いた。

「ひんっ」

「こら、あなたたちおやめなさい！　わたくしのセオドール様を、な、な、なめるなんてっ」

　怯んで髪を離した馬と俺の間に、ヴィーが割り込んでくる。俺を舐めてはいてもヴィーのことはそれなりに認識しているのか、馬たちはどこか不満げに鼻を鳴らしながら少し下がってくれた。

「お前ら、人の髪や服は食べるものじゃないって親から教わらなかったか？　食べるなら草だろうが。ほどほどにしろよ」

　ダンテさんは離れた馬たちをなだめている。申し訳ないけれど、そちらは頼んだ。

「ごめんヴィー、助かった。ダンテさんもありがとうございます」

「わわわわたくしのセオドール様を噛んだり舐めたりなんて……ひどいですわ」

「……ヴィー？」

　ところで、なぜヴィーは赤面しつつ涙目になっているんだろう。服や髪が汚れてしまったからかな、それは済まない。俺が馬にビビってるから、そういうことになるんだよな。

「え、あ、いえ。あ、あとでお湯とお着替えを」

「ああ、それはお願いしたいです。はい」

うん、頭洗って着替えはしたい。でも、それは後回しだ。領都の中に戻らないといけないからな。

……俺がしっかりしないと、またこんな感じで彼女をうろたえさせてしまうことになるのか。頑張らないとな、少なくとも馬に舐められたりしないように。

とか考えていたら、馬の一頭と目が合った。漆黒の、シルファより目つきの悪い馬。身体つきも大きくて、誰かの馬だと思ったのだけれど。

「あれ、君は？」

「おや、チョコじゃねえか」

「チョコ、というんですか」

ダンテさんが口にした馬の名前は、とてもかわいらしい。たぶん子どものときにつけられた名前なんだろうから、成長したら合わなくなったということなのかな。

「うちの馬の中でも特に気性が荒いやつでして、相性のいい騎士がいませんでねえ。馬の中ではボス的存在なんですが」

「気難しい、と申し上げたほうが正確ですわね」

おや。

ダンテさんとヴィーの言葉からして、気難しいせいで乗る人がいないのか。それはまた……と思っていたら、チョコがのっそりと俺の前に立った。柵があるのに、もう目の前にいる感じで。大柄だから、余計に。

「お?」

「あら」

ダンテさんとヴィーが首を傾げながら見守る中、なぜ俺は馬と見つめ合っているのだろうと思うこと数秒だか数分だか。

ぶる、とひとつ頭を振るったチョコが、とんと自分の鼻先で俺の頬をつついた。そして、他の馬たちを振り返る。あ、あの目つきで睨みつけられてさすがにあいつら、怯んでる。

「…………え、えーと」

「もしかしてチョコ、セオドール様が自分の乗り手だと主張してるんじゃないでしょうか」

ダンテさんが眉間にしわを寄せつつ、チョコに「そうなのか?」と尋ねている。もちろん返事が返ってくるわけでは……なんだか、馬のくせにドヤ顔しているような。

「……そうみたいですよ。セオドール様」

「え、なんで」

あの、ダンテさん。今のドヤ顔って肯定の返答なんですか。いや、俺には馬の感情とかわからないですが。

「わたくしと同じで、セオドール様に一目惚れしたのだと思いますわ」

「は?」

おいヴィー、しれっと何を言っているんだ。というか、もしかして九年前に一目惚れされたから助けてくれたのか。

……い、いやまあ、そういうことなら一度会っただけの俺を婿に、というのも理解できなくはないけれど……他人事であれば。

「よ、よくわからない……けれど、俺でいいのか？　チョコ」

一応、俺も尋ねてみることにする。そうしたらチョコは俺を見て、ふんすと鼻息を荒くして、そうして頬ずりをしてきた。

マジか、俺を乗せてくれるというのか。この気難しいらしい、チョコが。

「ありがとう。馬には乗ったことがないから君も大変だと思うけど、よろしく」

つい顔を撫でてやると、チョコは任せておけ、とでも言うようにぶるると唸ってみせた。

……まあ、乗り手に選んだというよりは選んでやったからしっかり訓練しろスパルタで行くぞ、と言っていたらしいのがわかったのはこの二日後くらいかな。結構筋肉使うんだよ、乗馬って。

八．騎士となり

チョコとペアを組んで乗馬の訓練に励むこと、おおよそ二週間。

「チョコ、行くぞ」

「ヒヒン！」

ぽんと軽く腹を蹴ってやると、すいと動き出す。手綱《たづな》の動きに合わせててくてくてく、と美しく進むチョコ。俺は鞍《くら》の上で姿勢を正し、チョコに指示を与えていく。

……ここまで、動いてくれるようになったんだ。感涙《かんるい》。

「頑張りましたな、セオドール様」

指導役でついていてくれるダンテさんが、チョコよりもがっしりとした彼の愛馬の上で目を細める。

フル装備の騎士を乗せたらかなり重いから、騎士団の馬たちはしっかりした丈夫な種類なのだとか。

父上や兄上の馬は見たことないけれど、あちらも騎士団なのだから馬の世話も訓練もちゃんとしているんだろうな。さすがに。

「なかなか強敵でしたからねえ……チョコが」

「そうですな。どうやら、自分は乗せてやるだけだから自分に通じるように指示を出せ、という感じでしたし」

ダンテさんの言うとおり。チョコは俺を選んでくれたものの、そこからが厳しかった。

こちらが下手《したて》に出たり萎縮《いしゅく》したりしてると、さっぱり指示には従わない。

少しでも判断にふらつきがあると、ちらりと睨《にら》みつけてくる。

それで、きちんとした指示ができるとよしよしといった感じで嘶《いなな》く。

「たしかに、指示が気に入らなかったり通じなかったりすれば馬は動きません。ですが、チョコの場合は」

「俺のことを、自分が育てたとチョコは思ってますよね。実際にそうですけれど」

馬に育てられる騎士。ないとは言わないけれど、自分がそうなるとは思っていなかったよ。

もっとも、馬に乗るところから始まって二週間でなんとか指示を通せるレベルになったのは、ダンテさんとチョコが俺を鍛えてくれたおかげだなあ。

「ヒン」

「ははは。わかってるよ、チョコ。お前は俺の、乗馬の師匠だ」

「ぶるる」

ぽんぽんと首筋を叩いてやれば、チョコの目が細められる。相変わらず目つきは悪いんだけど、それはそれとして愛嬌があると思う。

まあ、言い方はアレだけど慣れた、ともいう。

「では、そろそろ戻りましょう。お昼ですし」

ダンテさんがそう言ったので、やっと今の時間に気がついた。うわ、たしかにもう昼か。俺もそうだけど、チョコも平常時にあまり長く人を乗せてると疲れがたまるからな。いや、訓練中だからまだ軽装だけど。

「そうだね。チョコ、今日もありがとう、厩舎に帰るよ」

「ヒン」

……たまに、チョコって人の言葉理解しているんだろうかという気がする。こういうときの、短い鳴き声での返事とか。

ヴィーに尋ねてみたら「シルファはわかってくれているんですよ」とのことだったので、そういうこともあるのだろう。

チョコを厩舎に戻して、ブラッシングしてやってから屋敷へと向かう。その道すがら、ダンテさんが尋ねてきた。

「そういえば、ご存じですか。アルタートン家のことなのですが」

「何かありましたか?」

「二週間ほど前から、ロードリック殿が担当される書類の処理が滞るようになったとか。おそらくはその前から、詰まり始めていたのでしょうが」

「は?」

兄上が担当している書類の処理。つまり、俺が丸投げされていた書類だ。

俺が家を出た後、いくらなんでも兄上が人を手配してないはずがないんだよね。何しろ、自分では人に読める書類を作れないわけだし。……それなのに、処理が遅れているらしい。

なんでだ?

「セオドール様はご自覚がないようなのではっきり申し上げますが、書類処理の能力はかなり高いですよ。閣下やヴァイオレット様からの評価も、満点に近いものがあります」

「それはありがとうございます」

義父上やヴィーには、たしかに書類がうまくまとめてあるとか読みやすいとか仕事が速いとか、褒められた記憶はある。照れくさくてちょっと聞き流してる部分はあったけれど、そんなに評価が高いのか。

「でも、満点ではないんですね」

「もう少し、部下や使用人を使うようにとのことでした」

「ああ、そうか。なるほど」

満点ではない点、ひとりで仕事をするなということだ。……そうだよな、ひとりでできることなんて限られているし。

………なんで、アルタートンじゃひとりで回せたんだろう？　一応、資料とか聞き込みとかはちゃんとやったけれど。

考えても理由が見つからないので、思考を中断する。それを待っていたかのようにダンテさんは、話題を変えてきた。

「セオドール様につきましては、乗馬の能力が一定に達したとみなされますので明日付で騎士団の所属となります。元ご実家が何かおっしゃいましても鼻で笑って構いません、と辺境伯御一家全員からのお話がございます」

「鼻で笑って……」

ああ、明日から騎士団員になるんだ。そうすると、正式にハーヴェイ家に雇用されたことになるな。ヴィーの婚約者と二重の意味で、ハーヴェイの人間に俺はなる。

「あなたはハーヴェイ家次期当主の婚約者にして、騎士団の団員でありますので。アルタートンが何を申したとしても、『他所の家』の戯言《ざれごと》なのでお聞き流しなさいますように。そう、主にヴァイオレット様がおっしゃっておられました」

その上で、主にヴィーがアルタートンには返さないよ、という主張をしているらしい。……九年前の約束を守って連れ出してくれた彼女の、これは約束を果たすための意思表示か。

「……万が一下手な手段に出たら、物理的にお返しする気満々ということですね」

「はい。もっともその前に、マジェスタ様が全力で論戦を挑まれることでしょう」

物理的にお返し、というのは要するに模擬戦なりうっかりするとガチ戦、ということになる。その前に義母上が論戦を挑む、つまり言いたい放題ぶちまけるということだな。貴族の口調で。

「……アルタートン家には、義母上に口で勝てる人ってたぶんいないと思いますよ」

「でしょうね。いえ、アルタートンに限りませんが」

なんとなくそう言ってみれば、ダンテさんも深く深く頷いた。義父上はもともと口論が苦手そうだから比較対象にはならないけれど、それをカバーしてあり余るほどの語彙力と頭の回転の速さを義母上はお持ちなわけだ。

アルタートンが、俺のことでハーヴェイに文句を言ってくる可能性がある。たぶん、うちの中のことが回らなかったりするのをうまくごまかして俺を返せ、とかいう感じか。

それについてはまず、義母上が口で叩き潰すらしいけれど……口で勝てなければ、実力行使でなにかやってきてもおかしくないのがアルタートン家。それに対しては、ヴィーやうっかりしたら義父上が物理的にお返しすることになる、らしい。

内戦にならないといいけれど。いや、さすがにそれはないよな。

「いい気味ですわ」

午後のお茶の時間。

実家の状況を知ったことをヴィーに伝えると、彼女の口から最初に出てきた言葉がこれだった。

「あっさり切り捨てたね、ヴィー」

「だって、セオドール様の努力を歯牙にもかけなかった皆様ですもの。今更セオドール様の素晴らしさに気づいたとて遅いのです。ほんっとうに、いい気味ですわ」

拳握って力説しなくてもいい、と俺は思うんだけど……まあ、今更遅いよなというのは同感である。

もし父上が気づいてくれていたならば、俺をアルタートンの家から出すことはなかったはずだ。母上でも兄上でも、きっと同じことで。

「まあね。仕事はちゃんとやってたんだから、その努力は認めてほしかったんだけどな」

「そう、ですわね……」

つい、ため息混じりに本音を言ってしまうと一瞬だけ、ヴィーがおとなしくなった。本当に、一瞬だけ。

くわっと目を見開くようにして、たぶん関係するであろう話を始める。

「……お父様が、アルタートン家について調査なさった資料の中にあったのですが」

「うん？」

「ロードリック様の部隊についてです。魔物討伐を始めとした任務の成功率は高く、またそれに関する報告書の完成度も極めて高い上に提出が早い、という評判でしたわ」

兄上の部隊について。

任務の成功率は……まあ、王都を護るための騎士隊なんだから高くないと困る。それだけの実力者が集まっている部隊なのだから。

少なくともアルタートンの血筋である父上も兄上も、戦闘力はとても高い。我が身で受けた、俺はよく知っている。

……まあ、兄上の場合戦闘はともかく報告書となると。

「たぶん、俺が手がけた書類だよね」

「そうだと思われます。王城のほうでは、ロードリック様は大変能力の高い右筆もしくは秘書を有しているのだろう、と噂されておりましたようで」

「……あー。兄上本人の仕事とはもともと見られてなかったわけか」

へえ。

それはまあ、たしかに書類はほぼ俺がやっていたわけで。けれど、兄上はそれを自分のサインを入れて提出していたはずだ。

ああ、他の人でも実際には、別の部下が実務を担っていることが多いってことか。だから兄上も、彼自身の仕事ではないと思われていた、と。

「セオドール様は、実際に騎士隊としての任務につかれたことは？」

「いや、ないね。正式に所属していたわけではないから」

ヴィーに問われて、首を振る。あくまでも俺は、アルタートン家内で兄上の手伝いをしているという建前になっていた、らしい。

外での自分の評判、知らないんだよ。社交とかはまったくやったことないから。ヴィーを始めとしたハーヴェイ家での評判はいいんだけれど、たぶんヴィーの贔屓目《ひいきめ》が入ってると思うし。

「それであれば、戦の実態はご存じありませんわね」

「うん、知らないな。報告書のもとにする資料とかはいっぱい読んだけれど」

そう、ほとんど外に出ない俺は、兄上たちが実際にどんな戦をしたのか知らない。俺の知る全ては紙の上、文字で記された情報だけだ。

ハーヴェイの、ではあるけれど騎士団の一員でもあるヴィーは、俺よりもずっと知っているんだよな。そうして、事実を文章にまとめるに至る過程も。

「たとえば魔物討伐の報告書ですが。参加した人員及び兵装の詳細、場所とそこまでの道のり、討伐した魔物の種類や体長を始めとした特色、戦闘の詳細などを記されますわよね」

「うん、それはよく書いた。ヴィーも書いたんだろ？」

「はい。部下たちの報告と自分自身が見てまとめたものを、彼らと情報交換しつつさらにまとめることになるのですが」

部隊長が、自分の経験と部下の報告を、自分たちで情報や意見を交換しつつまとめる。それが、提出される報告書になる……本来であれば。

けれど兄上の部隊の報告書は、資料と情報だけを渡された俺がひとりでまとめて、兄上に差し出すものだった。つまり。

「……兄上の部下がそういった情報交換を兄上としたことはないし、見た人も聞いた人もいないか」

「ええ。その中には、自身の戦果をメモ書きにして出せばいいから楽だとうそぶいている者もいたとか」

「ああ、雑なメモも結構あった。たぶん同じ人だね……字の癖は覚えてしまってるよ」

ああいうの、個人差があるんだよな。なんだかんだできちんとまとめてくれる人もいれば、そこらの使い古しの紙の裏に雑な走り書きのメモだけ出してくるやつとか。

というか、上司に提出する書類としてどうなんだ、それは。

「……と、俺は思うんだけど」

「『上司に頭が上がらない、書類づくりに扱《こ》き使われている誰か』に提出するとわかっているのであれば、手を抜く者はおりますわね。つまりは外面が良いだけの愚か者というやつですが」

ヴィーに聞いてみると、また辛辣な答えが返ってきた。兄上が読まないとわかっているから、手抜きしているというわけか。

……今は大丈夫なんだろうか。俺には関係ないけれど、書類を読まされる人の身になってしまうな。

「セオドール様。書類を読む方がかわいそう、とかお考えではありませんか？」

「え？　うわ、わかる？」

「ええ。セオドール様は、お優しいですから」

先ほどまでの怒っている表情から一変、俺を見るヴィーの顔はほんわかと柔らかい。そうか、俺って優しいのかな。

まあ、それはそれとして、だ。

「実際は、どうなのかな」

「書類を審査する担当者は苦労なさるかと思いますが、それでお叱りを受けるのは間違いなくロードリック様ですわ。セオドール様がお気にかけることは、まったくございません」

俺の疑問に答えてくれたヴィーは、とても真剣な眼差しで俺を見つめてくる。これが、当然のことなのだと。

俺は、自分で面倒事を背負い込む質《たち》なのかもしれないな。ヴィーはそれを、ひょいひょいと振り払ってくれる。

本当に、彼女に会えてよかった。

翌日、俺は騎士団の制服を着用して入団の挨拶に向かった。

制服は、もう当然というかランデールさんのシャナン・ファクトリー製。先日、採寸に来てくれたランデールさんが「筋肉がつきましたねえ」と目を丸くしていたな。この一か月、無駄ではなかったようだ。

「既に話は聞いているな。本日より、アルタートンの次男セオドール様が我が騎士団の一員となられる」

団長であるダンテさんが、俺のことを紹介してくれた。

次期当主やその配偶者が騎士団に所属するのはハーヴェイでは当然のことなので、そこらへんの経緯はまるっとスルーされる。……義母上も、所属していたときは主に魔術系で大暴れしたとかなんとか楽しそうにおっしゃってたなあ。

「セオドール様はわたくしの婚約者ですが、その立場を気にする者は騎士団にはいないでしょうね。わたくしと同じく、よくしてくださいましね」

ダンテさん……団長はいいとしてヴィー、眼力で圧力かけるのはやめようね。仕方がないので、自己紹介して終わらせよう。

「紹介にあずかりました、セオドール・アルタートンです。単なる新人団員ですので、気にしないでください」

そう言って、これもやり方をヴィーに教わった敬礼をしたら全員から返礼をもらった。一糸乱れぬ、というのはこういうことを言うんだなってくらいにきれいに揃っていて、さすがだと思ったよ。

その次にさすがだ、と思ったのは早速、俺のところにやってきた人がいるってことかな。黒っぽい赤毛の、やんちゃな感じの男。身長は俺より少し高いけれど、タレ目で睨んできてもあまり怖くはない。……父上や兄上の冷たい目のほうが怖かったからか。

「そうか、お前さんか。うまいことお嬢様の懐に入った軟弱息子ってのは」

「否定はしないよ」

お嬢様、ということはハーヴェイに近い家の出身者。言われ方はアレだけど、外から見たらそうなんだろうなと納得はする。

とはいえ初対面にこれは、ちょっとなあ。騎士団の一員なんだから、これから一緒にやっていく相手なのにさ。

「だけど、開口一番がその台詞ではね。俺に嫌ってくれ、と言ってるようなものだろ」

「お前さんなんぞに好かれる必要はないんでね」

いやだから、どうしてそういう台詞をわざわざ顔を近づけてきて言うのかね。兄上とか、兄上の部下とかがよくやってたことなんだけど。

はあ、と大きなため息が聞こえた。ちらりと視線だけ向けると、そこにはあきれ顔のヴィーがいる。

「セオドール様、お気になさらないで。プファルはわたくしに負けたことを、未だに根に持っておられるだけですから」

「ということは、分家の子息ってことか」

ヴィーはさっくりと、事情を教えてくれた。途端、あちこちからぷぷっと吹き出す音やらくすくす笑う声が聞こえてくる。あーあ。

プファル、というのが黒っぽい赤毛のこいつの名前らしい。分家だから、髪の色も似ているわけか。ハーヴェイの赤い髪は、戦場では目立ったろうな……あ、いや、兜被ってるから見えないか？

「ハーベスト子爵家の長男、プファルだ。お嬢様の婿になるのは俺のはずなのによ、ざっけんな」

で、その当人は未だにそうおっしゃるわけだ。ハーベスト子爵家、ハーヴェイ辺境伯家の分家のひとつに間違いはない。

……長男なら、まず実家を継ぐのが基本じゃないか？　本家継がせるのが、実家の念願だったのかもしれないな。で、今も主張している、と。

俺を受け入れるためとはいえ、ヴィーもこういうやつの相手をしたのか。大変だな、と思って顔を向けたらもう、満面の笑み。ただし、アレはたぶん怒っている。俺にではなく、プファルに。

こういう場合の解決方法は……まあ、血の気が多いやつのようだから、手っ取り早いのでいいか。

「何なら、対戦してみるか？　俺は実戦したことないから、自分の実力がわからないんだ」

「はぁ!?　ガチでざけんな、てめえなんざお嬢様には似合わねえんだよ」

俺は本音で打ち明けたのに、何故かプファルは怒って拳を振り上げてきた、んだが。

「っと」

突っ込んできた拳を、俺は軽く首を傾げて避ける。顔を狙ってきたんだけれど正面からだし、正直に言うと兄上のパンチよりすごく遅い。なので、よく兄上に殴られてた俺には避けるのは容易《たやす》いというか、えーと。

で、ついでなのでその手首を摑んでみる。あ、摑めた。

「こうか」

「がっ！」

伸ばしてきた勢いに乗せて、その手首を引っ張ってプファルの身体を地面に放り投げる。うまくうつ伏せにぶっ倒れたので、手首をひねり上げたうえで背中に座らせてもらおう。

これも、兄上が時々やった技だ。他の部下とかにもやっていたことがあるから、見て覚えたことになるのかな。

「て、てめえ、騎士のせなかに、のるなっ」

「といっても、攻撃されたんで制圧しただけだしなあ」

じたばたもがいているプファルだけど、俺を外すことはできない。俺相手でこうなんだから、ヴィーと戦ったときなんてきっと瞬殺だったんだろうな。大丈夫かな、彼の実家。ちゃんと後継げるといいんだけど。

「セオドール様。ご感想は？」

「アルタートンの兄上よりは動きが遅くて、見やすいね。まっすぐに来るから避けるのも簡単だし、反撃もしやすい」

平然と見ていたヴィーに尋ねられたので、素直にお答えしよう。これで、プファルが自分の欠点を理解して修業し直してくれれば、騎士団も彼の実家もきっと助かる、と思うんだ。

「ふふ、騎士の皆様。セオドール様のお力は、ご覧になりましたわよね？」

「うがあ！　俺のほうが強いんだっ」

「いやお前負けてるじゃん」

「っすねー。せめてパンチ食らわせてから言うっしょ、頼んますよう」

上機嫌すぎるヴィーに吠えかかろうとしたプファルだけれど、そこに被せるように先輩各位が楽しそうにツッコミを入れてきた。ぐぬぬ、と歯噛みしてるのがよくわかるよ……もうしばらく、この状態でいておこうかな。

それにしても、プファルが兄上より弱いのはわかる。ヴィーより弱いのも……俺より弱いらしい、のも。

では本来、俺の強さはどれくらいなのだろうか。アルタートンにいたときは兄上にはまったく敵わなかったけれど、それはちゃんとした訓練を受けていなかったから、みたいだし。

プファルに勝ったことで、なんというか他の騎士団員……つまり先輩各位とはなんとなく打ち解けられた、気がする。

午前中の訓練を終えた後、現在俺たちは食堂で昼食の真っ最中である。さすがにこういう場所なので、トレイにいろいろ積んでいくビュッフェ方式だ。

「アルタートン家では、ご当主や兄君から訓練は受けたんですか？」

「いや、それはなかったよ。父上は兄上に訓練はつけていたけれど、俺はそういうのなくてね。家庭教師の先生が基本的な剣の構えとかは教えてくれたんだけど、きちんと訓練受けられたのはこちらに来てから」

「マジですか」

俺の向かいでサイコロステーキをもしゅもしゅと食べながらメインで話を聞いてくれているのは、ルビカ・シェオーネって言ったっけな。ハーヴェイの分家ではない小さな男爵家の三男で、後を継がないのを良いことにハーヴェイの騎士団で頑張ってるんだとか。

「デミアンとダンテ隊長にお願いしたんですのよ。基礎さえ身につけていただければ、セオドール様は伸びるお方ですから」

他の先輩方も、ひとかたまりになって皆でもぐもぐ食べている。プファルも、少し離れたところで肉にかぶりついてるな。

ヴィーは当然のように、俺の隣を陣取っている……いや当然か、婚約者だもんなあ。

ところでヴィー、そこ言い切ってよかったのかな？　いや、たしかに戦闘力伸びてたっぽいけれど。

「うちでも父とか兄貴とか、木刀でそれなりに相手してくれましたけどねぇ」

「最後にまともにやったのは、たぶん十年くらい前だね。兄上にボッコボコにのされて、それ以来俺は兄上の補佐というか……文書係というか」

茶髪で大柄のルビカが肉を飲み込んでから首をひねるのに、実際のところを素直に吐いてみた。そうしたら途端に、ルビカどころか周囲の面々の顔色がざっと変化する。

「いや、それっておかしくねえっすか？」

「実力差はともかくとして、訓練されてない相手フルボッコとかないっすわ。ナッツ、お前五男だったよな」

「うちは、一定の年齢になったらまず身体作りからっすよ。だから兄ちゃんたち、あちこちの軍や騎士団にいるっすね」

即座に突っ込まれる程度には、アルタートン家のやり方はおかしいらしい。俺は他の家の内情とかまるで知らないから、そういうことすらわからなかった。

あと五男だという緑がかった黒髪を刈り上げてるナッツは、代々傭兵の家柄なんだそうだ。名字がない平民だけど、その実力は確かだということで軍どころかいろんな貴族のお抱え騎士になっていたりもするらしい。

……アルタートンに仕えてる人には、緑っぽい黒髪はいなかったな。たぶん父上が平民の傭兵とか嫌がったのではないかな、と俺の勝手な推測。王都守護騎士団でも、父上は知らないけど兄上の直属の部下には貴族の子弟しかいなかったはずだし。

なんで俺、そういう方々の名簿まで見てるんだろうね。ねえ？

「おい、ヴァイオレット様の婚約者なんだからもうちょっと言葉に気をつけろ」

「いやだって、ヴァイオレット様だって普通にしゃべってるし」

……なんか考え事しているうちに、話題が俺への言葉遣いになっていた。ここは、俺がひと言言っておけばいいか。

「言葉遣いは気にしなくていいよ。ヴィーも普通に会話してるんだろ？」

「ええ。わたくしはこれが通常ですしね」

うん、今のヴィーはこの口調が普通だから普通にしゃべってて、騎士団の皆もそれが当然のように普通に会話してる。

だったら、外から来た俺に対して敬語やら何やらはおかしいからね。

「……まあ、セオドール殿が言うのなら」

「呼び捨てでもいいってば、ルビカ。少なくとも、騎士団の新入りってのは間違ってないわけだし」

「えー……んじゃまあ、とりあえず結婚式まではセオドール、で」

「なら、俺たちもルビカに倣うっすね。けど、結婚したらさすがに様はつけるっすけど」

「わかった」

こちらも呼び捨てにしたので、ルビカは納得してくれた。ナッツの台詞には納得……皆、ヴィーのことをヴァイオレット様、って呼んでるしね。

「ま、呼び方と言葉遣いはさておいて、だ」

さて、ルビカがまた話題を変える。事務処理のまとめもやってるそうで、だから俺の書いた書類も見たことがあるのかな……と思ってたんだけど。

「アルタートン部隊長んとこの報告書は俺、見たことある。三年前だかのやつだったけどあれ、セオドールが書いてたんだな」

「三年前なら俺だな。まあ書いたといっても、資料押しつけられて清書させられただけだけど」

実際に見ていたようだ。アルタートン部隊長、という言い方は兄上のことを指すから、その時期その部隊の書類ならば最終的に書いたのは俺、ということになる。

「普通はそういうの、ちゃんと所属してる団員が書くんだよ。何が機密事項になるか、わかんねえからな」

「じゃあお前、機密漏洩ってやつじゃ」

……言われてみれば、たしかにそうだ。

どこでどんな魔物を倒したのか、どういう方法で倒したのか、必要な武具や魔法、その他アイテム等など。あと倒したことで得られるもの。

要するに戦闘力や兵站などの情報なわけで、国内ならともかく隣国などに流れた場合そこからこう、いろいろ研究されてこちらの弱点とか知られる可能性がある。

まあ、俺が書類書いてる時点で機密がどうとかなってないんだけどな。もっとも当時、俺は外に出る機会がほとんどなかったから情報漏らす相手もいなかったけど。……俺の存在自体、あまり知られてない気がするし。

とはいえ、アルタートンの書類をハーヴェイ騎士団所属のルビカが読んでてだいじょうぶなのかな、って思ったんだけど。

「俺が見たのはちゃんと許可出てるよ。つーか、書類としてめっちゃ綺麗だから参考にしろっつって回ってきたやつだし」

「え」

「たまにあんだよ。そういう見本になるやつ持ってきて、こうやると書きやすいし読みやすいだろって見せてくれんの」

「そ、そうなんだ……」

いや、なんだそれ。

そりゃあ、俺は頑張って読みやすいように書いたよ。書きやすい形式にしないとどんどん仕事が溜まるから、自分で形式考えて作り上げたよ。

それが、書類の見本になったのか。マジですか、ルビカやナッツじゃないけれどそう言いたくなる。

「そんときは俺、さすがアルタートンの嫡男とその部下とか思ってたんだけどなあ」

実際は、セオドールが書いてたんだなあ。

ルビカがため息混じりに言った言葉に、あきれの色が混じっているのに気づいたのは俺だけじゃないだろう。

午後からは、小班に別れてそれぞれやることがある。

馬の訓練をする班は牧場に向かい、愛馬とともに訓練をする。

剣の訓練を続ける班は訓練場に戻り、木剣を振るう。

そして、座学班。俺はヴィーと一緒に、この班に入っている。次期当主であるヴィーの補佐をするために、俺はハーヴェイ領の状況や騎士団の細かいことについて学ばなければならないからね。

といっても、基本的には座学というよりは文字や文章を練習する班、と言ったほうが正しいようだ。ナッツのように平民から入ってきた人だったりすると、読み書きができない者もいるわけなので。

俺とヴィーはそのへんを既に終わらせているから、騎士団員と交流も兼ねて教えることになる。

「ほら、これ。俺が前に見たやつじゃないけど、同じ字だから持ってきた」

で、同じ班に入ってるルビカが、書類をいくつか持ってきてくれた。騎士団で書類作業する際のお手本に、と置いてあるものらしいんだけど。

「あら。本当に、セオドール様のお書きになる文字ですわね」

「うわあ、本当に俺が書いた書類だ」

俺の書き文字を見慣れてるヴィーがさっくり断言してくれたとおり、間違いなく書いた覚えのある書類がでてきた。これはまあ、ハーヴェイ家にあってもおかしくないやつだな。

「……魔物から得た物資の取引リストですわね。これ」

「王都のそばで魔物討伐が終わった後に、皮や骨とか肉が結構余ったんで必要なら要りませんかって売ったことは何度かある。ハーヴェイにも来てたんだな」

討伐した魔物から取れる資源に関しては、その扱いは討伐した部隊に任される。予算が足りないときの補塡なんかに使われたりもするんだけど、王都守護騎士団からハーヴェイにも売り渡されていたわけだ。

「あー思い出した。この時売ったのは、たしか爪と牙だったと思う」

「ええ、そうですわね。ハーヴェイ領は武器よりも、魔物解体用のナイフが数多く必要ですから」

ざっと見たところでなんとなく内容を思い出したので、ヴィーに確認する。なるほど、武器は鍛冶屋さんがちゃんといるはずだから特に問題はないので、そうじゃないものを得るために爪と牙を買い込んだ、と。

魔物の種類にもよるんだけど、大型の牙と大型・中型の爪は加工することで動物や魔物を解体するためのナイフになる。皮や肉を切り裂くには、それ用に発達した魔物の部位を使うのが最適ということなんだっけ。あれ、でも。

「ナイフに使う爪や牙って、こちらのほうが手に入るんじゃないのか？　王都近辺より、こちらのほうが大きい魔物は多いだろ」

「それが、質がいまいちなんだよな。魔物が多い分、縄張りなり何なりの争いが多いみたいで」

「それで傷がついたり、欠けたりしてるんすよ。矢じりとか使い捨てで使うにはいいんすけど、長く使う刃物にはちょっと」

「なるほど」

俺の疑問には、ルビカとナッツが答えてくれた。あれナッツ、お前も座学班なのか。まあ、本人が必要だと思うから来てるんだな。よし。

で、まあ傷が多いということなら仕方がないな。解体してる最中にぼき、って折れたりするかもしれないから、解体ナイフは矢じりほどじゃないけど消耗品なのだし。

「……んで、こんなふうに丁寧に書けばいいんすね？」

「そうだね。癖字とかあると思うけど、丁寧に一字ずつ書いていけば他人にもちゃんと読んでもらえるよ」

さて、座学班の作業のひとつ。要するに文字の練習ということで、その見本としても俺の書類を持ってきたらしい。

んで俺はその書いた本人なので、流れで他の団員の文字も見てやっている。いや、いいんだけどさ。なお、ヴィーは本人の性格が出ているのかかなり力強い文字を書く。俺の字と並べるともう、俺恥ずかしいんだけど。細くてへろへろしてて。

「そう、ここのまとめ方はいい感じ」

「ありがとうございます！」

「ここは品目だから、もう少し大きく書いても大丈夫だよ。あまり小さく書くと目立たないしね」

「うぃっす！」

……いや、皆ちゃんと読める文字を丁寧に書いてくれて俺、嬉しい。兄上のところの部下の皆さん、俺に読ませる気あるのかってレベルの殴り書きが多かったから。

兄上は……読めない文字で書かれたサインはともかく、他の文章ってそういえば何年か見てない気がするな。ま、いっか。もう見る機会もないだろうし。

そんななか。

「うがー！」

なんか、少し離れた席で叫び声が上がった。声の主は……ああ、プファルか。え、お前も座学？

なにげに、ヴィーの婿の座まだ諦めてないとか？

「おーいプファルどうしたー」

「書き物の練習、飽きたんじゃねっすか？」

「練習ごときで飽きるんじゃ、お嬢様の婿にはなれんぞー」

……他の団員一同の声からして、実際にそうらしい。まあ、俺の慣れ方がある意味異常なんだろうけどさ。

「そうですわよ？　辺境伯家当主配偶者として、たくさんの書類と格闘することになるんですから」

「ぐっ」

ヴィーがさっくり突っ込んだのが見事に刺さったらしく、プファルがうめいた。けれど、頑張って立ち直りながら吠え返してくる。

「け、けど普通は当主が書類にサインするだけだろ！」

「内容の精査は必要だし、それ以前の問題として書類を書く前に中身をきっちり煮詰めないとだめなんだぞ？」

「ぐぉっ」

俺は当主ではないけれど、書類作業に事務作業はもともとやっていたからね。そこらへんを、理論詰めでツッコミ返してみよう。

「それに、ヴィーがなにかの用事で領地を留守にしているときは、先代か配偶者が全権を担うことになる。つまり、書類は書かなくちゃいけないし万が一どこかがちょっかいを出してきたら指示もしなくちゃいけないし」

「い、戦の指示くらいはできるっ」

おお、さすがにハーベストの嫡男だけあって戦場で指揮官はできるみたいだな。けれど、それだけでは当主の婿、配偶者はちょっと無理なんじゃないかな？

「それだけじゃ駄目だっつーてんすよぉ？　俺たち騎士団にも指示しなくちゃなんねっすし、内政でおかしな指示出したらデミアン殿にめっちゃ絞られるのは目に見えてるっすねー」

「ぐぐぐ」

ナッツがそのあたりをしっかり反論してくれたせいか、プファルは机に突っ伏した。たぶん、下手したらデミアンさんに絞られるってのが効いたんだと思う。あの人はハーヴェイ家の家令だから、ヴィーの婿としての仕事は彼が見ることになるわけだしね。

「だからわたくし、セオドール様に来ていただいたんですのよ。もちろん、お約束をお守りするためでもありますけれど」

俺の横にピッタリ張りついて上機嫌のヴィー、俺は君にとってありがたい配偶者になれるかな。

いや、ならないとな。せっかく約束を守ってもらって、ここにいるんだから。

九．ある日のアルタートン家・二

セオドールがアルタートン家を離れてから一か月後、さんさんと明るい日差しが降り注ぐこの日。

王都守護騎士団の副長であるジョナス・アルタートンは、実子でありひとつの部隊を任せているロードリックを己の執務室に呼び出していた。

「最近、報告書の提出が遅いな」

「も、申し訳ありません。父上」

「ここは職場だぞ、アルタートン部隊長」

「はっ！　失礼しました、アルタートン副長」

イライラしているらしく執務机の端を指でコンコンと叩いているジョナスの前で、ロードリックは直立不動のまま動かない。

家にいたセオドールに報告書を始めとした事務処理のほとんど全てを押しつけていたロードリックの部隊は、そのせいで現在それらの処理が滞っている。だがロードリックは、そのことを父には報告していなかった。

せめて、文官スタッフの手配を頼めばよかったのだろうが、そうするとこれまでの怠慢を知られてしまうこととなる。それによる処分や処罰を恐れて、彼は内々に解決しようとしていたのだが。

「……で」

結局、処理はどんどん遅れていく。それを父に咎められ、ロードリックは全ての責任を部下に押しつけることにした。

自分は書類の処理などに手をかけているよりも、魔物の討伐や王都の警備といった実務につくべきであると考えていたからだ。

書類などの『ちょっとした仕事』は部下の仕事であり、それが遅れているのはかれらが怠けているからだと。

「部下の報告資料に手違いが多く、まとめるのに時間がかかっております……」

「ふむ、なるほど」

嫡男の言葉に、父親たる副長は頷く。彼にとってロードリックは出来の良い、文武ともに良い成績を誇る自慢の後継者であるから。

その後継者の『手伝い』をさせていた次男は既に家にいないが、よもやそれが報告書の提出遅延の理由だとは考えていない。

だが一応、それに対して問う。

「セオドールがいなくなってから、仕事が遅くなってきたと評判だ。よもや、あの役立たずに必要以上に手伝わせてはいまいな？」

「ま、まさか、そんなことあるわけないじゃないですか！　あれはあくまでも、俺の手伝いしかさせていませんでした！」

ロードリックが狼狽《うろた》えたのには訝しげに首を傾げたが、それでもセオドールには大した仕事はできまい、と高をくくっている。

その程度にはジョナスは、後継者ではない次男に対してまるで興味を向けていなかった。アルタートンの家にとって大切な後継者が『立派に』育っているのだから、何の問題もない。

家のことを任せている妻も家令も、常日頃からそう報告している。長男は立派な騎士となっており、対して次男は『兄の仕事を手伝っているだけの役立たず』だと。

「ならば、もう少し仕事を急げ。書類ごときに手間取っていては、我ら王都守護騎士団の本来の務めにも支障が出る」

「はい、肝に銘じます」

「よし。では、話は終わりだ。我がアルタートンのためにも、頑張ってくれ」

「失礼いたします」

騎士団の副長としてではなく、アルタートンの当主としてジョナスはロードリックを送り出した。

それはまるで、王都守護騎士団はアルタートン家がなければ成り立たない、とでも考えているかのようだった。


さて。

ロードリックは自身の、部隊長としての執務室に戻る。その顔は怒りに震えており、扉を開けた瞬間彼はその怒りを声に出して吠えた。

「お前ら！　怠けてるんじゃない！」

「ひっ⁉」

「あ、部隊長」

室内で、紙の山に埋もれるようにしてペンを走らせている、部下ふたり。

この部屋に積まれている紙たちは、ロードリック率いる部隊が任務を完了したことを報告するための書類、それを作成するのに必要な資料と証言が記されたものだ。

既に複数の任務分のそれらが溜まっており、部下は泊まりがけでその整理と報告書作成に当たっている。

「怠けてなんかいませんよ。これでも精一杯頑張ってるんですから」

ひらり、と書き終わった一枚を横に避けた部下のひとりが、はあとため息をついた。彼の担当分はもう二山ほど残っているようだが、それらをぺらぺらめくってもう一度大きく息を吐く。

「だったら、なんで報告書ができるのが遅いんだ！　父上に怒られただろうが！」

「そうは言いますけどねえ」

顔を歪めたロードリックに対して、もうひとりの部下が適当な山のひとつを示した。

そこに積み上げられている紙を数枚眺めた彼の目が、露骨に見開かれる。ほとんどが殴り書きのメモで、中には癖字が過ぎてロードリックには判読不可能なものもあった。

「なんだ、これは」

「こないだの、サーベルタイガー討伐の報告書を書くのに使う資料用のメモですよ。部隊の連中が提出してくるの、こんなのばっかでして」

「これでまとめろって無茶ですよ。俺たち、訓練とか哨戒《しょうかい》とか他にも仕事あるのに」

ため息をついた部下が、諦めたように次の書類にかかる。その参考に取り上げたメモは、まだ読める文字ではあったがやはり殴り書きに近い。

「あぁ？　セオドールのやつなら、これでちゃんと書いてたんだろ？」

「あの人、騎士じゃなかったじゃないですか。単なる、部隊長の私的な補佐役でしょ？」

「そりゃ、騎士の仕事ないんですから書類に集中できるでしょうよ。あーうらやまし、くもないな。この落書き書類と連日にらめっこなんて」

この部下たちは、セオドールがハーヴェイ家に向かうまでは彼のもとにこういった書類……というよりはメモの山をワゴンに乗せて押しつけ、出来上がった書類を引き取る仕事をしていた。騎士団員である彼らは、当然そちらの仕事もやらなければならない。

セオドールのように専任であればこれらの書類を捌ききれる、部下たちの台詞をロードリックはそう理解した。

「うるさい！　他の仕事と兼任できないなら、お前らを事務専任にしてやる！」

「えー、部隊長横暴ですよそれ」

「そうですよ。事務専任なら、別で雇ってもいいじゃないですか。認められてますよね？」

部下の言葉に、ロードリックの顔はさらに歪んだ。

たしかに、事務専任の文官を雇うことは認められている。彼以外の部隊ではそれが当然であり、事務処理すら自分たちでこなしている、と思われていたロードリックは戦闘能力と事務処理能力の高さを他の者から称賛されていたのだ。

戦闘は自分自身でこなしているから、それはロードリック自身の力だ。だが事務はそうではなく、

『役立たず』セオドールに押しつけた結果。

……今、事務処理の遅れがこれ以上響けば自分の能力がそれほどでもない、と気づかれる。それは、アルタートンの嫡男としてあってはならないことなのだ。少なくとも、ロードリックにとっては。

「うるさいと言っている、他人になんぞ任せられるか！」

「うわあっ！」

ばき、と鈍い音がして部下のひとりが吹き飛んだ。壁にある書棚に叩きつけられ、ずるずると床にへたり込む。その上からばさばさと、いくらかの紙が崩れて落ちた。

「……え」

そこまで来たところで、ロードリックは目を瞬《まばた》かせた。

今、自分はセオドールを殴るのと同程度の力で部下を殴った。そのくらいであればセオドールは平気な顔をしていたし、ふっとばされてもすぐに起き上がってきたから、このくらいの力であれば人は平気なのだと思い込んでいた。

「おい、仕事をサボろうとして大げさにふっとんだんじゃないだろうな？」

「……そんなことないですよ、部隊長。アルタートンに本気出されたら、俺たちは無事じゃすまないんです」

「そう、なのか」

もうひとりの部下の震える声が、アルタートンの長男に現実を教える。ぐったりしたひとりは息はしているものの、しばらく見ていても起き上がる様子がない。すっかり、意識を飛ばしているようだ。

「そう、ですよ。ご自覚ないのかもしれませんが、アルタートンってそういう家系なんですから」

部下の言葉の意味を理解したのかしていないのか、ともかくロードリックは自身の拳と失神した部下、そして荒れた室内を啞然《あぜん》としつつ見回すだけだった。

十．自給自足の宴

「負けねえぞくそおおおお！」

翌日からも、割と和気あいあいな感じで訓練は続いている。ひとりだけひどくテンション高いけど、模擬戦中にあの調子で大丈夫なんだろうか、プファル。

「プファルは、ずっと元気っすねえ。うちの兄ちゃんたちにぶつけてみたいっす」

「何を言われましても、わたくしの婚約者はセオドール様で確定なのですが」

俺とナッツ、ふたりを同時に相手にしてけろっと模擬戦勝利しているヴィーがにこにこ笑っている。

いや、さすがハーヴェイ家の嫡女というか。

「俺も、訓練頑張らないとなあ。ここで怠けて、プファルにふっとばされるわけにはいかないし」

「まあ、俺たちも頑張るんで安心してほしいっす。っていうか」

休憩で汗を拭きつつ、ナッツと言葉をかわす。まあ、ヴィーと対等には戦えないと思うけれど、役立たずにはなりたくないしな。

と、ナッツがくるっと顔を向けた先。ルビカが「なんだ？」と首を傾げていた。

「なあルビカ。普通、領主だの隊長だの団長だのが一番強い必要ってないっすよね？」

「ないない。ハーヴェイやアルタートンは、ある意味特殊だと思うぞ」

そのナッツの質問に、ルビカはぱたぱたと手を振って答えた。まあ、たしかにそうだよな。

人間の場合、集団の長が一番強い必要はあまりない。動物や魔物の群れの場合は個体の強さが権力みたいなところがあるけれど、人間は集団をうまく動かせる力のほうが必要なことが多いからな。

ただ、ハーヴェイ家では義父上が一番強いし、その義父上の後継者としてヴィーが選ばれたのは候補の中で彼女が一番強かったからだ。

アルタートンも、似たようなものだろう。俺は兄上に戦闘力で敵わないから、そもそも後継者としては論外だった。

「……セオドールの父上、そんなに強いっすか」

ルビカの答えを受けて、ナッツは俺に向き直る。俺の父上の話なんだから、たしかに俺に聞くのが一番早い……んだろうけれど。

俺は、家の中の父上しか知らない。だから、知っていることを答えとして差し出そう。

「まともに戦っているのは見たことがないけれど、時々国王陛下からお褒めの言葉はいただいてたな。第一師団長だし、大型の魔物が出た場合は先頭に立つこともよくあるらしいから」

「……兄上の書類絡みみたいなこと、ないっすよね？」

「それは、さすがにないと思うけどな」

兄上の書類絡み。つまり、部下などを扱き使ってその戦果を自分のものにする、みたいなことか。

それはなあ……というか、どうやってごまかすんだろ。父上は副長だから、上に団長がおられるんだよな。ものすごく厳しい方だという話は、俺にすら届いてるんだから。

で、俺だって知ってるレベルの話を、たとえばルビカが知らないわけはなく。

「いくらなんでも、そこまではないだろ。言ってもセオドールの父上、まだナンバー2《ツー》なんだぜ」

「ああ、そっか。副長だったっすね、上にもうひとりいるっすよねえ」

「うん。だから、あまりにおかしなことしてたら団長閣下に気づかれると思うんだ……まあ、父上の裁量の範囲内でやってることならともかく」

王都守護騎士団長、ガロイ・オートミリア侯爵閣下。王都を護るトップは、国王陛下の剣とも懐剣とも呼ばれるそのひとだ。

なお、父上とは仲良しではないという評判だ。あんまり仲良しだとこう、騎士団を私物化しかねないとかなんとかで互いに監視役みたいなところがあるらしい。

ちなみにこれは、父上が愚痴ってたのを聞いたことがある。といっても父上が騎士団の一部を私物化しているのは事実なので、完全に監視できているわけじゃないなとは思ったけどさ。もしくは、父上がうまくごまかしてるのかもしれないが。

「アルタートン伯爵でしたら、実はわたくしのお父様が数度ばかり魔物討伐をご一緒したことがございまして」

と、唐突にヴィーがそんなことを言ってきた。……さすがに俺絡みの調査とかではないよな。

父上も義父上も武人なんだから、普通に任務として一緒になることはある、はず。

「そうなの？　ヴィー」

「ええ。七年前にスタンピードが起きたことがございますでしょう」

「ああ、アースリザードの変種が王都に突進してきたあれか」

ヴィーの言ってきたその事件は、さすがに俺も知っていた。間違いなく父上が出陣して、結果として王家からお褒めをいただいた任務だからだ。

スタンピード。

もともとは動物なり魔物なり人間なりが、何かの要因で暴走する……文字どおり突っ走る、という意味合いだったらしいんだけど。

それが転じて、現在では主に魔物の群れが移動しつつ暴れまくる、みたいな使い方をされている。

で、七年前のそれは魔物の群れの進む先が王都方面だとわかったので、当然そこは王都守護騎士団の出番となったわけだ。

「たしかに父上が部隊率いて出たけど……あ、そうか」

「変種の背後から、ハーヴェイの軍勢が数を削って削って削りまくったのですわ」

魔物が突進していくんだから、その背後から部隊が追いかけながら最後尾の魔物を倒しまくる。それで、魔物側の戦力は減っていく。

進行先には別の部隊を展開させておいて、待ち伏せ攻撃すればいい。

「で、王都の少し手前で守護騎士団と挟み撃ちにして全滅させたってことね。なるほど」

七年前は待ち伏せ側に父上が、追撃側に義父上がいたわけだ。最終的にふたつの部隊で挟み撃ちにして、アースリザードを壊滅させた、ということになる。

……リザードと言っても、人の身長の倍くらいある体長に鋭い牙と硬い皮を持つ、肉食の魔物だからね。倒した数は……えーと三桁後半だったっけか。

「王都目前にたどり着いたときには、二百ほどに減っていたそうですわ。その三分の一ほどを、アルタートン伯はご愛用の槍と剣で舞うように切り裂かれたと、お父様がおっしゃってました」

「辺境伯閣下も、同じくらいを倒されたと聞いていますが」

「ええ。そういうことよ、ルビカ」

ヴィーの話と、ルビカの話。

つまり、少なくともその時点では父上と義父上は同じくらいの能力はあったわけか。

……あ、いや。

義父上は部隊を率い、スタンピード勢の背後からその数を削り取りながら王都まで向かった。その分の数は、入っていない。

まあ、いずれにしろとんでもない腕の持ち主だとは再確認できた。

兄上も、その程度には魔物を倒せるんだろうな。たぶん。

ハーヴェイ領の騎士団には、戦闘訓練や座学以外にも重要な任務がある。ずばり食糧調達。魔物や大型動物を狩って食用肉とすることもさることながら、実は畑仕事もある。牧場とは少し離れている場所に専用の畑があって、そこで作物の収穫をしているのだ。

しっかりした高い柵に取り囲まれた畑は、かなり広い。これを耕して、種や苗を植えて、そうして収穫する。大切な仕事であることに間違いはない……人間、腹が減ったら戦はできないしな。

「まあ、たしかに重要任務だよな。戦うにしろ何にしろ、食べないと始まらないし」

「騎士たちは、皆よく食べるのですよ。ですので、自分たちでも作らないと間に合いませんわ」

ヴィーといっしょに、土を耕す。他の作物を採り終わった畑に肥料を入れ、耕したらしばらく寝かせておく。次に作物を植えるときに備えて休ませるんだそうだ。

他の畑は芽が出始めたところとか、葉が生い茂っているものとか、そろそろ実り始めているのはきゅうりかな。

ハーヴェイ辺境伯領は王都よりは少し南にあって、温暖……というよりはちょっと暑い感じの気候。なので農作物もそれなりにできるんだけど、その分魔物が食べに来たりするのでその攻防も騎士団のお仕事になる。

「多く作ってしっかり保存しておけば、飢饉が起きたときに民に放出できるしな」

「というか、自分で作った野菜ってうまいっすよね。俺、セロリ克服したんす」

「わたくし、今でも苦手ですの。ナッツがうらやましいですわ」

なんだか仲良くなってしまったルビカとナッツが、俺とヴィーのすぐそばで鍬《くわ》を振るっている。

ヴィーは農作業ももう慣れた様子なのだけれど、少し頬を膨らませているのはたぶんセロリのせいだな。セロリごめん。

「俺が、うまい野菜を、作るんだああ！」

そうして、今日も元気なプファル。叫びつつも、しっかりと地面を耕しているのはさすがだな。腰もしっかり入っているし。

俺も負けてられない、とざくっと鍬を食い込ませた。収穫後ということもあり、ほどほどに耕しやすい。

「ほらほら若い衆、しっかり耕しな！　半年後、一年後の自分の腹は、これで満たされるんだからね！」

騎士団の中で、農作業をメインにやっている班がある。今大声を上げているのはその班のリーダーであるリーチャ・バルック。緑がかった銀髪をポニーテールにした恰幅のいい女性、というか姐《あね》さんと呼んだほうが似合うな。ああ、思っただけで口には出してない。

「リーチャ、こっちはこれでいいのか？」

「もう少し、肥料入れてもよさそうだね。……そうそう、そのくらい」

別班に指導しつつ、こちらの様子も見てくれている。面倒見のいい人だとは先輩各位から話を聞いているんだけど、たしかにそうだと思う。

……俺、アルタートンでは一応ちゃんと面倒は見られてたけど、その面倒とは違うからなあ。まあ、楽しいからいいか。

「畑耕すのは、鍛錬になるっすから。それに騎士団たるもの、畑を荒らしに来る魔物くらいは退治できないと、とよーく言われたっす」

「んでついでに肉も調達する、と」

「そういうことっす」

ナッツとルビカは、仲良くざくざくざくざくと耕している。いやスピード速いなふたりとも、俺は追いつけないぞ。

いや、無理に追いつく必要はないか。自分なりにしっかり、耕していかないと。

「セオドール。しっかり腰入ってるねえ、はじめてなんだろ、遅いのはしょうがないさ」

いきなり、名指しで呼ばれる。顔を上げると、いつの間にかリーチャがまあまあ近くまで来ていた。

極端に接近してこないのは……ああ、ヴィーがなんかそわそわしてるからだな。というか、仲間相手に臨戦態勢は駄目だぞ。

「あ、ありがとうございます。農作業、縁がなくて」

「農家の出か趣味でやってるかじゃないと、そう縁はできないね。悪いけど、騎士団にいる間は頑張っておくれよ」

「はい、もちろんです」

趣味で庭いじりをする人はいるので、そういう人なら慣れているとリーチャは言いたいんだろう。

そういえば、俺、趣味ってあまりなかったな。何か見つかるといいな、と思って鍬を握り直した。

「ヴィー、こっち手伝ってくれるかな！」

「はい！　今参りますわ、セオドール様っ」

ここで暴れてもらっても困るので、ヴィーを呼んでみる。彼女も騎士団の先輩に当たるのだから、当然俺より作業は慣れているからな。

というか、鍬とシャベルを両手に持っていそいそと来てくれる姿はとてもかわいい。彼女のこんな姿を見ていると、一緒に花や野菜を作ってもいいかな、という気になる。辺境伯邸はそれなりに広いから、庭の隅っこを借りてとか。

「うおおおお！　俺も手伝ってほしいぞお嬢様あ！」

「あんたはひとりで静かにおやり！」

……まだ喚いてたプファル、よく見たら畑一枚耕し切っていた。いや、他の連中もいるけどさ。

明日筋肉痛にならないように、マッサージでもしてやったほうがいい気がする。もっとも、筋肉痛で潰れてくれれば一日静かでいいかもしれないけど。

「……ちぇ」

リーチャに叱られたのが効いたのかプファルがおとなしくなったので、ちらりとそちらに視線を向けた。と、その向こう側……柵の外にいるものが見えてしまったので、思わず声を上げる。あまり大声じゃないように、気をつけて。

「プファルー、肉のもとが来たぞー」

「おお？」

俺の声に反応して、くるりと視線を巡らせたプファルの視線はどうやら、森の外れからのそりと姿を現したそれとしっかり交わったようだ。

大猪。見たままの呼び方をされるそれは肉のもと、と俺がうっかり呼んでしまったように食用に適している。ただ、何しろ体高が人間の身長くらいあるうえに馬と同等レベルの速度で突っ走るので、一般人はとにかく逃げるしかない。

大きさとその突進力をもって、魔物と呼ばれる範疇に入る存在だ。アルタートンの家でも何度か食べたことはあるので、修業した騎士などであれば狩れるのだろう。

「……お嬢様、リーチャ、どうする？」

「もちろん確保ですわ。各員、柵の外に出て構えてくださいな」

プファルがおとなしいのは、うっかり暴れると柵めがけて突っ込んでくる可能性があるからだ。ヴィーの静かな指示に従い、俺も含めてここにいる騎士団員がするすると柵を出てそれぞれに身構える。広い畑を囲む柵だから、出入り口も結構たくさんあるからな。

といっても、農作業中に剣はぶら下げてない。俺たちが持っているのは鍬やらシャベルやらの農具なわけで。

さて、どうする。

領都ハーヴの壁の外にあるこの畑が牧場と距離を取っているのは、魔物がやってきたときに共倒れを防ぐためだ。

そして、魔物が接近してきてもすぐわかるように、かれらの本来の住処である森林とも離れたところに配置されている。柵の高さも、大抵の魔物が飛び越えられないように高くしているとのこと。

人の気配を察知した大猪は、それを獲物とでも思ったのかのそのそとやってきたらしい、鋭い目がこちら、というかゆるゆると柵の外に出たプファルを睨みつけている。俺たちがいるのも理解はしているだろうし、ゆるりと動こう。

と、畑の外……森からこちらへとのしのし、と歩いてくる影がある。体型は今目の前にいる大きな猪と同じ形……大きいのが一頭、小さいのは二……いや、三頭だな。

「ヴィー、まだいる」

大声を出すと猪を刺激して、こっちに突進してこられるかもしれない。だから声を低くして、出入り口の扉を閉めるヴィーに呼びかけた。俺が視線を遠くの猪のほうに向けると、彼女もそれにつられて見てくれた。

「そうみたいですわね」

頷いたヴィーは、素早く周囲に目を走らせる。ほとんどは柵の外に出ているが、少しだけ中に残っているのは何かあったときのフォロー要員だろう。その中にいるナッツが、右手を軽く上げた。

「ナッツ、数は確認できました?」

「アレ入れて五頭っすね。サイズからいって番《つがい》と子どもっしょ」

ヴィーの問いに対するナッツの返答からして、大猪の数は俺が把握できた分で全部らしい。その間に接近してきた小猪のほうも、かなり大きくなってるのがわかった。一緒に来てる親との比較でわかるけど、体高が俺の胸元くらいまである。

「ふふふ。五頭か、これはありがたい」

ああ、リーチャの目が据わっている。口元にはこらえきれない笑みを浮かべ、そうして彼女はぶんと右の拳を振り上げた。

「よぉし、お前たち！　今夜は焼肉だよ！　怪我したら取り分なくなるからね、ぬかるんじゃないよ！」

「おおおおお！」

途端、ここにいる騎士団員ほぼ全員が雄叫《おたけ》びを上げた。いや、俺もついつい……と思ったらヴィーもノッている。途端、猪たちが身構えたのは仕方がないというか。

親二頭に結構大きくなった子ども三頭、合計五頭の大猪。収穫した野菜といっしょに焼肉にすれば、皆お腹いっぱいにはなるはずだ。こう、一家全滅になってしまうのはすまないが勘弁してくれ。こちらも生きるためだ。

子猪の肉は柔らかいし、倒してすぐに血抜きなどの処理をすれば臭みがつかずおいしくなる、とはリーチャはじめ先輩方の言うところ。残った肉は干したり塩漬けにしたりして、保存食にするんだそうだ。

アルタートンで食べたときは鉄の味が少しあって苦手だったんだけど、あれが処理不足からくるものであればハーヴェイで食べる肉はきっとおいしい。

「ぶひいいいいい！」

おっと、一番近くにいるやつが吠えた。その目の前、プファルが即座に重心を落とす。その右手には、鍬をしっかり握りしめて。

「おりゃあ！　親は俺が倒すうううう！」

そうして踏み込むと、下から思いっきり振り上げた鍬を猪の顎に叩きつけた。つる、と滑るような感じがしたのは毛皮が油を含んでいるから、だな。

「ぶぎゃあ！」

もう一度吠えた猪に向かって、俺は走り出した。後から来る四頭には、リーチャや他の仲間たちが行ってくれてるのが見えたから大丈夫だと思う。

「ひとりでやるなよ、さすがに無茶だろ！」

声を上げながら、プファルとふたりで挟むように猪の前に出た。

肩までが俺の背丈くらいある大猪は、当然横も同じくらいというか丸く太っている。目は鋭いし、口元から牙も見えるし。たしか雑食だと聞いたことがあるから、うっかりするとこっちが食われる。

「っ、そ、そうだな」

「ぶふうっ」

剣を持たない代わりに、鍬を構え直すプファル。俺も持っているから、同じように構える……当然だけど、剣とバランスが違うな。重心が先のほうにある。

まあいい、いざって時はそばにあるなんでも武器にして戦わないといけないんだから。

「よ、よーし。今日は特別に！　お前と組んでやる、ありがたく思え！」

「うん、ありがとう！」

「～～～～」

あれ。

プファルのほうから組んでくれるって言ったからお礼を言っただけなのに、何凍りついたように固まってるんだろう。俺はそんなに信用がないんだろうか？

と思った瞬間、猪がこちらに突進してきた。うわやばい、初速がかなり速いぞと思って横に避けようとして。

「セオドール様、プファル！」

ヴィーの叫び声とともに、猪の巨体が横っ飛びにふっとばされた。俺に迫ってきていたところを、ヴィーが横から脳天に飛び蹴りを食らわせたらしい。恐るべし、ハーヴェイ。

「……やっぱ、お嬢様は違うなあ」

「何をおっしゃってるんだか」

あきれ声を上げたプファルに、ひらりと着地を決めてみせたヴィーが平然と答える。手には鍬を持っていて、くるくると回転させてから両手で構えた。……それ、持ったまま飛び蹴りしたのか。

「プファルもハーベストの子なのですから、このくらいはできましてよ？　ああ、セオドール様には、わたくしがついておりますからご安心を」

「お、おう」

「あ、はい」

そうか、プファルもやればできるのか。

俺は……アルタートンなんだから身体能力は高いのだろうけれど、ちゃんとした訓練を始めて一か月ちょっとしか経っていない。そのうち、できるようになるだろうか。

「他の個体は、皆様におまかせしております。リーチャもお強いですからご心配なく」

「つまり、こいつは俺たち三人でやれってことか」

「そういうことになるな。おら、もしかして怯んでるのか猪め」

「ぶひ、ぶふううう」

ヴィーも入って三人になった包囲網を、なんとか体勢を立て直した猪はぎろりと睨みつける。ああでも、ヴィーが一緒だっていうだけでなんだか勇気が湧いてくる、気がする。

「額の少し上、微妙に皮と骨が薄いところがあるからよ。そこに一撃食らわせりゃいい」

「まずは足止めからだね。ほんとありがとうプファル、教えてくれて」

「うふふ」

急所を教えてくれたからまた礼を言ったんだけど、なんだかプファルが「うぐ」と息を呑んだ気がする。はて。

それからヴィー。とても楽しそうに笑っているけど、そんなに今の会話が面白かったかな?

「仲が良さそうで何よりですわ、セオドール様、プファル。猪の気を、そらしてくださいまし」

ハーヴェイ辺境伯家をいずれ継ぐヴィーは、鍬を剣代わりに構えながら堂々と言い放つ。言い方はなんだが、俺たちを囮として自分が猪のとどめを刺すつもりなのだろう。それが、最善策だから。

この三人で一番強く、大猪の弱点を的確に突けそうなのはヴィーだから。

「わかった。ヴィーに任せるよ」

「猪の攻撃に当たらなきゃいいんだろ、任せろお嬢様」

俺は、指示ととどめをヴィーに任せると言った。

プファルは、そこまでの囮役を任せろと言った。

だからこれで、俺たちの簡単な打ち合わせは終わる。眼の前でぶふー、と鼻息荒く身構えている大猪に向けて、足に力を込めた。

「じゃ、行くよプファル！」

「おぉ、俺を置いていくんじゃねええ！」

地面を蹴って、猪の周りを回るように走る。一瞬遅れて、プファルが反対回りに駆け始めた。猪がなんだ、なんだというように視線で俺たちを追う。首を振って追うには、猪の首はあまり向いてない。

「おりゃあああ！」

俺に意識を向けた猪の死角、後ろからプファルが鍬で殴りかかった。足の方向はちゃんと気にしてるから、蹴り飛ばされることはないだろう。……普通の馬に蹴られても危ないんだから、この巨大猪の蹴りを食らったら人間、無事ではいないだろうし。

で、プファルの一撃は猪の足首にクリーンヒットした。身構えて踏ん張っていたから、当てやすかったのだと思う。途端「ヒィイイイ！」と悲鳴を上げながらその足を上げて、猪はプファルに向き直る。つまり、今度はこちらが死角。

「はあああっ！」

俺のすぐ前、耕したばかりの地面にめり込んだ足先に向けて、これまた耕すように鍬を振り下ろす。

ずば、がつんと硬い音がしたのでもしかしたら、骨まで届いたかもしれない。

「ぷぎゃっ！」

「っと！」

猪の悲鳴が聞こえて、慌てて鍬を引き抜いた。次の瞬間、足が振り上げられてずしんとまた別の場所に踏み降ろされる。そう、足なんだから踏んだり蹴ったりするだろう。文字どおり。

「おら、こっちだ焼肉の元！」

「ぶふぃ！」

プファルの叫びと、がきんという金属音、それに重なる猪の悲鳴。その向こうに見える、一撃必殺の隙を狙っているヴィー。

……焼肉の元、と呼ぶのはどうかと思うのだけれど、実際に俺たちの晩ごはんになるのだからいいか。俺もさっき、肉のもとって言ったし。

「今日の晩ごはん、ありがたくいただく！」

「ぷぎゃあああ！」

こちらが横薙ぎにした鍬が、足払いのように猪の足首を跳ね飛ばした。バランスを崩し、ぐらりと大きな身体が揺れる。なんとか踏ん張って耐えたところを、もう一度反対側から叩きつけた。よし、今度こそ崩れたぞ。

「セオドール様、見てくださいまし！」

ここを機会と見て取ったのか、ヴィーが上空に舞い上がる。……なんだろうねあの身体能力、猪の体高の三倍ぐらいは行ってるよ。

まさか、俺もやればできるとか言わないだろうな？　いや、二倍なら、なんとか？

それはともかく。

「わたくしの、一撃いいいいいっ！」

上から声と、風と、鍬の一撃が降ってきた。見事に、さっきプファルが言っていた額の少し上に、まっすぐに。

「ぴぎいいいいい！」

「うるさいですわ！　おだまりなさいませ！」

ぶち当てた反動で少しばかり浮かび上がったヴィーが、ついでとばかりに宙返りをしつつ首筋に踵《かかと》落《お》としを決めた。ぼきり、という音がしたんだが……あれで、首、折った？

「……折れたな。さすがお嬢様」

「……うわぁ」

プファルも確認できたようだ。どうやら、本当に折ってしまったらしい。義父上がアレをできそうなのは納得するんだが、ヴィーができるとなると。

「父上と兄上、アレできるのかな」

なんとなく、思い出したくないのに思い出してしまうのはあのふたりの顔だった。

アルタートン家も、ハーヴェイ家と並んでその血筋が持つ肉体は強靭である。正直に言えば俺もその恩恵を受けているわけで、修業時間が短くてもなんとか騎士団の先輩各位についていけている。

食事に大猪の肉が出てきたときには、父上だったり兄上だったりが自分が仕留めたと自慢げに語っていた。実物を見たことがほとんどなかったからどうやって仕留めたのか知らなかったけれど、ヴィーのようにやったというのなら。

「アルタートンの当主ならできんじゃね？　俺やてめぇはお嬢様の言うとおり、まだ無理だろうけどな」

「修業すればできる、のかな？」

「できんだろ。うちはハーヴェイの分家だし、てめぇはアルタートンだからな。クソ実家らしいが、血筋には感謝しとけ」

ちょうどそばに来たプファルの台詞に、ああたしかにと思ってしまったな。

それで、この一頭の対処は俺たち三人に丸投げされたわけか。ハーヴェイの本家、分家、アルタートンだから肉弾戦でどうにかなるだろう、と。

他の四頭は、とくるりと見渡すと既に終了済みのようだ。子どもはともかく、もう一頭の親は、どう見ても投げられて頭から落ちて、という感じに見えるんだが……いったい、誰が投げたのやら。

「ああ、そっち終わったかい？　さすがだねぇ」

ぱんぱんと手を叩いてにこにこ笑っているリーチャがいたので、尋ねてみる。この人か、もしかして。

「ヴィーがやってくれました。あの、そちらは……」

「あたしが投げた。ちょっと手間だったけどねぇ」

「投げたんですか！」

というか、大猪って人間が投げることができるんだ。わーすごいなー……って、リーチャって何者なんだろう。

いや、今考えるのはやめておく。それどころじゃないから。

「ほら、迎えの荷車来たよ！　猪積んで、ハーヴに持って帰るから！」

「はいっ！」

だってこれから、大猪を領都ハーヴに持って帰っていろいろな処理して、夕食の焼肉にしなくちゃならないんだから。

仕留めた大猪一家を運び、皮剝《は》いで血抜きやら分解やら内臓や骨の処理をする。大体終わったのは夕日が沈む頃で。

「それでは皆の衆、乾杯！」

「かんぱーい！」

騎士団本部では、団員全員を巻き込んでの焼肉パーティーというかどう見てもバーベキューパーティーが始まってしまった。乾杯の音頭を取ったのは、騎士団だからということで団長のダンテさんである。

大猪を狩ったのでその肉がメイン、とはいえ野菜ももちろんあるし、在庫から今後困らない程度の別種の肉も引っ張り出されてくる。

その代わりにというか、大猪の肉もある程度は保存のために干し肉なり塩漬けなりの処理を受けている。まあ、今食ってるタンがうまいからいいか。

それにしても。

「こんな感じで、焼肉パーティーになるとは思わなかった……」

「時々あるんですのよ。今日のように、大物を仕留めた時などは」

「こういうことをやれば、みんなもやる気が出るからね」

お皿に積み上げた肉をもりもりと食べながら、ヴィーが説明してくれる。その隣でリーチャが、骨付き肉にかぶりつきながら上機嫌だ。作法はともかくおいしいもんな、あの食べ方。

「まあ、たしかにやる気は出るか」

視線の先には、とにかく肉を食って笑顔いっぱいの騎士団員たち。ルビカもナッツも、なにげにプファルもしっかり自分用の肉を確保してるし。おいお前ら野菜も食えよ、そのとうもろこしは甘くておいしいんだから。

「……でまあ、参戦した俺たちはいいんだけど」

その視線を少しずらす。ダンテさんはワインを嗜んでおられるようで、既に顔が少し赤い。で、その隣にいたふたりがこちらに気づいて「やあ」「うふふ、楽しんでるかしら？」と歩み寄ってきた。えー、辺境伯夫妻である。なんでだ。

「なんで義父上と義母上がいるんですか。いや、お楽しみのようでいいんですが」

「それはもちろん、ヴィーとセオドールくんが共同で大猪を仕留めたと聞いたからな！」

義父上は、リーチャが食べていたよりも大きな骨付き肉を半分以上平らげておられる。喜んでくれているようなので何よりだけれど、一応訂正もしておこう。プファルに悪い。

「プファルも協力してくれたんですよ」

「まあ。頑張ってくれたの？　ありがとう、プファル」

「と、当然のことです！」

薄切りの肉で野菜を巻いて食べながら、義母上は離れたところにいたプファルを見つけて声をかけてくれた。サイコロステーキを食べていたプファルが慌てて姿勢を正すのは、さすがハーヴェイの分家というか。教育が行き届いている感じがする。

「ふふ、あなたがいてくれればハーベストも安泰ね。ヴィーとセオドールくんに、力を貸してあげてね」

「は、はい！　それはもちろん！」

義母上の言葉に舞い上がるように返事をしたプファルだったんだけど、一瞬後にあ、という顔になって……微妙にへこんだ気がする。なんでだろう？　ちょうど、その横をルビカとナッツが通ってきたから聞いてみよう。

「そりゃお前、マジェスタ様にとどめ刺されたからだろ」

「とどめ」

「ハーベストは安泰、ヴァイオレット様とセオドールに力を貸せ。要は、ハーベストの次期当主としてお前さんたちの補佐に回れっつってんだよ」

「…………あ」

ルビカにずばりと言われて、さすがに理解できた。そうだ、プファルはヴィーの婿になりたかったんだっけな。ハーベスト家のほうの意向かもしれないけど。

義母上、そういうことさらっと言える方なんだな。言い方がこう、うまくぼかしてる割にわかりやすい、んだろう。俺もちゃんと、理解できるようにならないとな。

「マジェスタ様も辺境伯様も、セオドールのこと結構気に入ってるみたいっすね」

「うむ。ヴィーも良い婿を見つけてくれたものだ、と私もマージも喜んでいるよ」

「は、はい。ありがとうございます」

ナッツが話を振ると、義父上はにこにこ笑いながら大きく頷いてくれた。こういう笑顔、ヴィーと似てるんだよなあって思う。親子なんだから、当然といえば当然か。

「まあ、ヴィーが気に入った相手だからな。こちらとしても、下調べはしっかりやらせてもらったよ」

「そうそう。それで来たのがセオドールくんだもの、何の問題もないわ」

「一番の問題は、あちらさまでしたものね」

義父上、義母上、ヴィー。みんな、俺を受け入れてくれた素敵な家族だと思う。

そしてヴィーの言うとおり、俺をここに連れてくるに当たっての最大の問題は『あちらさま』……すなわちアルタートンの実家。

俺をヴィーの婿に迎えるという作戦は、今のところはうまくいっていると思う。

「あ、そういえば。アルタートン家から、五度目の文が届いているのよね」

「実家から?」

義母上が不意に言葉にした内容に、思わず俺は声を上げた。ヴィーも、ルビカやナッツもうわあ、という顔になる。

アルタートン家から手紙が届いている。しかも五回目。いったい何を言ってきているんだろうか。

「四度まではこちらのご機嫌伺いだったが、今回は違うのか？」

「ええ。ヴィーに、嫡男の結婚式に出席しろ、と言ってきたわ。意訳だけど」

「え、嫌ですわ」

義父上も、義母上もものすごーく不快な顔をしている。誰が書いたにしろ、上から目線の内容なんだろうなとはわかる。

そして即答したヴィー、その気持ちはとても理解できる。正直、俺も行かせたくないからな。


焼肉パーティー終了後、俺とハーヴェイ本家一同は屋敷に戻った。メイドさんにお茶の準備をしてもらい、リビングに集まる。

もちろん、兄上の結婚式への招待状について会議をするためだ。ご面倒をかけて申し訳ないというか、そもそも式まで三か月を切ってるだろうが。

「大体ね。セオドールくんが来る前には何のお話もなかったのに、いきなり送ってくるなんておかしいったら」

義母上が、べんとテーブルの上に招待状を放り出しながらおっしゃった。あ、やっぱりハーヴェイには出してなかったのか。

父上からしたら繋ぎを取りたい相手だろうけれど、母上や兄上からしたら国境に領地のある他所の貴族、くらいの認識だったのかもな。国防にとっては重要な家のひとつなんだけど、あの人たちはそういうことを理解できていない気がするし。

「俺の婿入りで一応の親戚関係になったから、慌てて招待したってところでしょうね」

その招待状を手にとって、くるくると見回す。宛先はヴィーで、横に小さく婚約者様、と記されている。この綺麗な文字はたしか母上の字だ。あの人、いくら実の息子でも俺の名前を書きたくはなかったのか。

「あら、アルタートン家はセオドールくんとは縁を切ったんじゃなかったかしら」

「そういうことは言われたはずですけど……まあ、あの人たちだしなあ」

あきれ顔の義母上に頷きつつ、父上の言葉を思い出す。

「セオドール、これよりお前の家はハーヴェイ辺境伯家となる。しっかり働き、骨を埋めてこい」

まあ、回りくどい言い方だけどもうお前はアルタートンの人間じゃない、という感じだよな。

ヴィー宛の招待状に俺の名前を書かず婚約者様、なんて書いてあるのもつまりはそういうことだ。

それでも、俺がハーヴェイに来た後で招待状を送ってくるってことは、兄上の弟である俺の婿入り先にいい顔をしたいとかだろう。まったく、あの家族は。

「自分に都合の悪いことは忘れているんだよ。まあまあることだが」

ふん、と義父上が鼻を鳴らす。俺が持っていなければ、招待状をびりりと破られてもおかしくなかったな、あの顔。

「さて、どうしようか。欠席してもいいが、この手の相手は後々面倒になりそうだ」

「だったら、出席したほうが良いと思いますよ。欠席してしまえばアルタートンは確実に、ないこと

ないこと言ってきますから」

いや、欠席という義父上の提案はすっごく魅力的なんだけどね。

もしそうしたら兄上は自分の結婚がうらやましいんだ、ろくな婿がいないからとかなんとか言う。

聞いた人の印象がどうなるかはたぶん考えない。

父上とか母上とかは、うちの息子を婿に取ったのに兄の結婚式に来ないなんて失礼だ、王家の覚えめでたいアルタートンに何か文句でもあるのか、なんて余計なことまで言いかねない。……さすがに内戦にはならないだろうけど、たぶん、きっと、おそらく。

「……そういえば。セオドールくんが持ってきてくれた荷物の中に絹があったね。たしか、アルタートン領の特産品だったが」

「父が詰め込んでたみたいですが……まさか、布の中に何か入ってましたか」

「絹の販路を広げたいので、良い取引先を紹介しろという手紙と金子《きんす》がね」

ため息交じりに教えてくれる義父上、口調の割に怒っているのがわかる。今まで俺には何も言ってこなかったけど、言う必要すらないってことだろうな。

「セオドール様が悪いんじゃないですからね。手紙が入っていたことなんて、ご存じなかったでしょうし」

「そうね。ああ、お金はふたりの結婚資金の一部にしてあるから大丈夫よ」

対して女性ふたり、ヴィーと義母上は上機嫌だ。ただしふたりとも、こめかみに青筋が立っている。

やっぱり怒ってるし。

父上のしょうもない考えは看破されているだろうけれど、ここは俺がはっきり言っておくか。

「まあ父上のことですし、ハーヴェイと仲良くなれば隣国に輸出するための関税や通行税を優遇してもらえるとか、セコいこと考えてそうですが」

「あらいやだ。そんなこと、すると思っているのかしら」

「まだ、書状で言ってきてはいないからねえ。証拠があれば、それで逆に割り増しするつもりなんだけど」

「それに、絹ってアルタートンだけではありませんからね。他の領地でも、生産はされていますし。ハーベストとか」

「ハーベストって、プファルの実家ですよね」

「ええ」

ありゃ。

ハーベストの領地で絹が作られているのなら、わざわざアルタートンから買う必要はないかもしれないな。他の家ならともかく、ハーヴェイはハーベストの本家なのだから。

俺が持ってきたアルタートンの絹はなんだかんだで使われているようだけれど、品質はどうなんだろう。こちらの人なら、ハーベストの絹と比べることもできるだろうし。

「量はともかく、質は同等といっていいそうよ。シャナン・ファクトリーで分析してもらった結果がそんな感じだったから」

だから尋ねてみたら、義母上がきっぱりと答えてくれた。ハーベストの絹はまだ生産量が少なめで、販路が限られているらしい。

だったら俺の知ってるアルタートンのやり方を記して、ハーベストに送ってもらおうか。黙っていろ、とは言われたことないし……もしかしたら、俺がアルタートンの養蚕に関して無知とか思ってないだろうな。あり得るけど。

「……セオドール様。わたくしはセオドール様とご一緒するのはとても嬉しいのですが、確実にあちらのお家から何か文句をつけてきますわよ」

と、話を本題に戻そう。ヴィーの指摘は、たしかにそうだ。俺が平気な顔して、もしくはヴィーと仲良く参列したら、それはそれで父上……より兄上だな、いちゃもんをつけてくるのは。

「難癖をつけて家に引き戻そう、なんて愚かなことにはならないと思うが……相変わらず書類は遅いわ読みにくいわで、王都の文官の間ではすっかりアルタートン嫡男の評判は落ちているからね」

「右筆とか秘書とか雇わないいんですね、兄上」

義父上が、とっても楽しそうにそんな報告をくれた。俺が出ていったあと、きちんと文官を雇えば問題はなかっただろうに。もしかして、内輪でなんとか回しているんだろうか。

けど、そんなしょうもない話から俺がアルタートンに引き戻される可能性がないとは言えないのがこう、情けない。一応血が繋がっている者として、うん。

「さっき、彼らは自分に都合の悪いことは忘れている、と言ったろう。実際に証拠があるんだよ」

ただ、義父上の笑みは収まらなかった。懐から封筒を取り出して、中の書類を引っ張り出す。

「婿入りする以上、セオドールくんのことはアルタートンの次男ではなくハーヴェイの息子として扱え、という書面があってねえ。婚姻契約書っていうんだが」

「は？」

婚姻契約書。義父上は、そんなものを作っておいたらしい。

「内容も確認しておきなさい」と手渡されたその書類には、間違いなく義父上がおっしゃった内容がしっかりと記されている。最後にはクランド・ハーヴェイ、ジョナス・アルタートン両名の署名も。

もしかして、アルタートンと俺の回りの調査をした結果、そういうのを作った方がいい、と考えたわけか。後々、俺に関して面倒事が起きても対処できるように。

「見てのとおり、アルタートン伯爵の署名がきちんと入っている。だからヴィー、セオドールくんのことはハーヴェイ家の一員として扱っても何の問題もないよ。君なら、言わなくてもそうするだろうけれど」

「まあまあまあ。言われずとも当然ですけれど！」

途端、ヴィーはとても晴れやかに微笑んだ。とてもかわいらしい、俺の大切な婚約者。見惚れる。

「出席、ということでお返事を書かせていただきますわ。婚約者ともども、佳き日をお祝いさせていただきますと」

「それなら、参列用の礼服を誂えないとね」

「人様の結婚式に参列するのですから、程よく地味でないといけないわね。まあ、シャナン・ファクトリーであれば適切に作ってくださると思うのだけれど」

「自分たちの結婚式用には、また別に作ってもらうからね。主役なんだから当然だけど！」

結論が出た瞬間、ハーヴェイ家の話題は次に移った。あ、またあちこち測られるんだろうな。いや、地味に楽しいけどね。

十一．ある日のアルタートン家・三

「え、ハーヴェイに招待状を出した？」

アルタートン家嫡男ロードリックは、あと二か月半ほどでガーリング侯爵家息女ベルベッタとの結婚式を迎える。

既にほとんどの招待客には送り終えたどころか返事ももらっている招待状を、今頃になってハーヴェイ辺境伯家にも出したと聞いて彼は、茶を差し出しながらそれを伝えた自分の母に対し問うた。

「母上、どうして今更」

「当然でしょう？　縁続きになったんですもの。あなたの結婚式に弟夫婦を呼ばないなんて、相手に対して礼を失していると笑われてもおかしくないの」

それに対する母、すなわちアルタートン伯爵夫人リリディアの返答は至極シンプルなものであった。

婿入りする弟とその婚約者を、兄の結婚式に呼びつけるのは当然のことだと。

「最低でも招待状を出しておけば、無礼とは言われないわ。もしあちらがお断りしてきたのなら、他家の方々にそう言えばいいのよ」

「それはそうですが……」

「もちろん、やってきたところで問題はないわ。わたくしはハーヴェイ家のご嫡女と、その婚約者に宛てて招待状を出したのですからね」

ハーヴェイの嫡女と、『その婚約者』。

次男セオドールもまた自身の腹を痛めて産んだ子のはずだが、リリディアは彼をそのように扱っている。家から外に出てしまったのだから、ということだろう。

彼女自身、実家であるグラッサ伯爵家から嫁いでくるときに今後はハーヴェイの者として扱う、と言われた立場だから。

「あなたも、彼女も伯爵家の次期当主。いずれはお互い、国を護る家の当主となる身なのですから、交流は持っておきなさいな」

「……は、はい」

そうして、その母の言葉をロードリックは、素直に受け止めざるを得なかった。

こちらは、代々王都守護騎士団の幹部を務めるアルタートン伯爵家の後継者。

あちらは、隣国から王国自体を護るハーヴェイ辺境伯家の後継者。

ロードリック自身が相手に対して何を考えているかはともかく、『役立たず』の婿入り先と交流を持たねばならぬことは理解できている。ち、と小さく舌打ちはするが。

「それより、ロードリック」

ふと、リリディアの声が固くなった。思わず姿勢を正した息子に対し、母はティーカップを音もなくテーブルに戻しながら問う。

「騎士団のお仕事が詰まっている、と旦那様から伺ったのだけど、どうしたの?」

「そ、それは」

騎士団のお仕事。この場合は、以前はセオドールに任せていた事務処理、書類整理などのことである。

わざわざ部下のふたりを事務専門にしてやったというのに仕事の速度は上がらず、報告書の提出が遅れるたびにロードリックは父から叱責されている。それがついに、普段は伝わらない母の耳に届いてしまったらしい。

「必要なら、きちんと文官を雇いなさい。そうでなければ、アルタートンの跡取りはまともに仕事もできない能無しと言われてもおかしくないのだから」

「は、はいっ」

父ジョナスの叱責よりも、母リリディアの丁寧な言葉のほうが恐ろしい、とロードリックは思う。それに比べれば、自分がセオドールを殴るなんて大したことじゃない、とも。

アルタートンに生まれながらセオドールは自分よりできが悪く、戦闘力もないのだから。ハーヴェイ家に種馬として買われただけマシだろう。そう、ロードリックは至極真面目にそう考えている。

それに対し、リリディアは自分が息子に恐れられているということにはまったく気づかないまま言葉を続けた。

「旦那様は、あまりにこのようなことが続くのであれば後継者について再考することもやぶさかではない、とおっしゃっていたわ。分家から養子を取ることも、セオドールを戻すことも考えておられます」

「な……」

騎士団の仕事が進んでいないのは、ロードリックからしてみれば部下の仕事が遅いせいだ。それなのに、父はよりにもよって『役立たず』を家に戻し跡を継がせる、などという可能性に言及したらしい。

「なんで、あんなやつを」

「あの子は、あなたの『お手伝い』を誠実にしてくれていたようですもの。旦那様が実質的に領主のお仕事をして、あの子には適当な妻をあてがって『お手伝い』と子作りに徹してもらえばアルタートンは安泰だと考えているのよ」

リリディアはのんびりと、そう答えた。

アルタートンに嫁いだ自分がこの家で果たした最大の務めが、ロードリックとセオドール……ふたりの息子を産み落としたことだと考えている。後継者とそのスペア、状況によっては婿入りさせることでよその家柄との繋がりを作るための子どもを。

彼女にとってセオドールは、ロードリックが言っていた『役立たずのお手伝い』という印象が強い。

だからこそセオドールは職を求めて外に出ることは許されなかった。

夫であるジョナスは『役立たず』であるセオドールをハーヴェイとの縁を結ばせる役割で、婿に出したのだ。その程度にしか、役には立たないと考えて。

リリディア自身は普段から息子たちには目もくれず、特産品の絹でドレスを作ったり通いの商人と宝石や貴金属に関して楽しく話をしたりするのが自分の務めであると考えている。そうしてたまに、夫の言葉を息子や使用人に伝えることが。

「それで、ハーヴェイ家が納得するとでもお思いですか」

「納得しないほうがおかしくないかしら？　王家の覚えがめでたいとはいえ、ハーヴェイは国境に追いやられた家よ。対してアルタートンは王都の側に領地を持ち、王都をお護りすることを課せられた家柄ですもの。こちらの言い分を受け入れるはずよ」

さらに、彼女の生家たるグラッサも現在の家であるアルタートンも、王都のそばに領地を持ち王都に関する仕事についている。それこそが、コームラス王国に仕えし貴族にとって誉れである……そう、彼女は教育を受けてきた。

無論、国境を護る辺境伯の重要性も知ってはいる。ただ、既に五十年以上も戦乱のない世の中だ。それなのに、王家からのお呼びがかからないゆえに彼らは辺境を離れることができず、王都に近い領地を与えられることがない。

『放っておかれている』以上、王家にとって彼らはその程度の家なのだ。そう思い込んでいるゆえに、リリディアは。

「セオドールだってあんまり役には立たない子だけれど、アルタートンの家を継げると知れば喜んで帰ってくるでしょう。同じ伯爵家なら田舎より都だわ」

本心から思っている言葉を、晴れ晴れとした顔でのたもうた。それから、長男であるロードリックに向き直り真面目に伝える。

「あの子にアルタートンの家を取られたくなければ、きちんとお仕事をなさい。そのためなら、わたくしはわたくしのお財布から援助をしてあげてもいいのよ？　ロードリック」

「は、はい！　お願いします、母上！」

ここまで言ってやれば、かわいい長男は励むに違いない。あとは、夫とこの子に任せてしまいましょう。

勝手な母の思い込みに気づくことなく、ロードリックは大きく頷いた。

十二. 結婚式に行こう

俺がハーヴェイ領に住まいを移してから、四か月。

間もなく行われる兄上の結婚式に出席するために、俺とヴィーは出立する。

「では義父上、義母上、行ってまいります」

「お父様、お母様、行ってまいります」

参列のために作った礼服は、持っていく荷物の中にきちんと収まっている。俺たちが乗る馬車と、荷物やあと結婚祝いの品などを積み込んだ荷馬車が二台。護衛も含めて十名ほどの、こぢんまりした部隊で向かう。

「セオドールくん。問題があれば、すぐにうちの馬車で帰ってきていいからな。後は俺がなんとでもする」

「は、はい」

義父上は、俺の肩をがしっと掴んでそう言ってくれた。

地位としてハーヴェイ家直属の騎士団員であること、婚約契約書にてハーヴェイ側の者として扱わ

れていることから、アルタートンが何を言ってきても反論はできるそうだ。……逃げるが勝ち、とも言う。

「ヴィー。わかっているとは思うけれど、セオドールくんをしっかり守ってあげるのよ」

「もちろんですわ。皆もついておりますもの」

義母上とヴィーは、ものすごく好戦的な笑みをお揃いで浮かべていた。このあたりはさすが親子、と感心する。

そうして、ヴィーが言う『皆』。この場合は、俺たちに同行する護衛の皆さんである。当主嫡女とその婚約者の護衛なので当然、騎士団から選ばれてるわけだけど。

「そうだな。プファル、ルビカ、ナッツ、リーチャ、そしてカルミラ。頼んだぞ」

「お任せくださいませ」

見事に、ほぼ知ってる顔が揃った。もちろん、他にもいるけれどこのメンバーは俺たちの側つきということになる。

最後のカルミラは、ヴィーと同い年でちょっと小柄な少女。ヴィー付きのメイド、という体《てい》でついてくるので、メイドスタイルになっている。前にヴィーと一緒だった侍女さんとは別の人で、少人数で動く場合はカルミラがヴィーの専属だそうな。

よく見ると赤が混じっている黒髪を三つ編みにして眼鏡をかけた彼女は、その姿では地味に見える。ただ髪色に赤が混じっているのは、プファルと同じくハーヴェイの分家の出だから。要はカルミラも、力こそパワーな騎士である。

「では、そろそろ行きましょう。お乗りくださいませ」

俺たちの乗る馬車の御者を務めるナッツが、のんきに声を上げる。まずはヴィー、そして俺に手を添えて馬車に乗せてくれた。カルミラは後ろの荷馬車にするりと入り込み、他はそれぞれ馬に乗って出発。

荷馬車の御者たちも騎士団から選ばれたメンバーで、いざというときの荷馬車の対処は任されている。もっとも、賊くらいならさっくり斬って捨てるんだろうけど。

「はあ。知った顔が多いのは、行き先考えると安心できるな」

馬車が領都ハーヴの壁の外に出て、ゆっくり進んでいるのを確認してから俺は、小さくため息をついた。

正直、この中で一番強いのはヴィーなんだろう。けれど、彼女も含めて同行者が知り合いというか同僚というか友人ばかりなのは安心する。

「ええ。ある意味、向かう先は敵陣ですもの……言い方がきついですか？」

俺の言葉に応えるように、ヴィーもさっくりと本音を漏らしてくれた。いや、まったく。

「全然。俺からしても、敵陣だしな。兄上が俺の顔を見て、果たしてなんて言うか」

婿に出る予定の弟が、兄の結婚式に出席するのは何の問題もない。ヴィー宛に来た招待状の宛名に婚約者、すなわち俺も入っているのだから。

行かないなら行かないで、アルタートンは絶対に文句を言ってくる。賭けにすらならないレベルで。

「何をおっしゃってこられたところで、セオドール様がお気になさることはありませんわ。まさかとは思いますが、手をお出しになってきたら軽くひねって差し上げますから」

「あーうん、俺がやるよりヴィーのほうがいいかな。ごめん、頼めるかい？」

「お任せくださいませ」

アルタートンの考え方だと、俺よりヴィーに打ち負かされた方が精神的ダメージは大きいと思うのでそちらでお願いしたい。うん、ヴィー、ドレス姿で力こぶ作らなくていいからね。

なお、俺の服もヴィーの服も、礼服はともかく今着ているものは少々余裕を持たせてある。要は戦闘になった場合に戦えるように、だ。礼服でもまあまあ戦えるらしいけれど、さすがにない……よな？

「それにしても。ルビカやナッツはわかるんだけど、プファルまでついてくるとは思わなかった」

「ああ」

相変わらずお嬢様の婿は俺のほうが適格だとか叫びつつ、模擬戦では対俺の勝率が五割を割り込んできた。といっても本当に僅差なんだけど……そのプファルが、ヴィーはともかく俺の護衛で来るなんてな。

「よい機会ですから、アルタートンの騎士を見てみたいのだそうですよ。どうせなら一度や二度、剣を交えてみたいとか」

「あ、そういうこと」

ヴィーに言われて納得した。国境を護るハーヴェイの騎士はアルタートン……というか王都守護騎士団の騎士の戦い方とか、あまり見る機会なさそうだしな。この機会にハーヴェイ対アルタートンの模擬戦、なんてのもやってみたいわけだ。なるほど。

「でも、お相手してくださいますかしら？」

「父上も兄上もプライドの高い方々だから、そのあたりをくすぐってやれば向こうから剣を抜くかもね」

その前に拳握って突っ込んできそう、とは思うんだけど、いくらなんでも他家の騎士にそれはないだろう。ないと思う。

あったりしたら王都守護騎士団、どういう教育してるんだとたちまち噂になるはずだ。そこの騎士のひとり、しかも副長の嫡男が迎える結婚式なのだから、有力貴族の招待客もいるはずだもんね。


のんびりとした行程を経て、五日ほどでアルタートンの領都に入った。

ハーヴェイ領の領都はハーヴだけどアルタートン領都は……たしかアルス、だったっけな。そういえば、あまり名前を呼んだ記憶はない。

アルタートンの屋敷から少し離れた宿に一度入り、軽く身支度を整えてから挨拶のために実家に向かう。挨拶は口実で持ってきたお祝いをさっさと渡してこちらが身軽になるために、とはヴィーが笑いながら言っていた。やれやれ。

先触れにはルビカが行ってくれたとのことで、馬車で到着すると門が開いた。玄関前にはバロットが待っていて、馬車から俺が降りてくるとわかりやすく顔をしかめる。ヴィーの殺気立った笑顔で引きつってたけど、それはあんたが悪い。

「先触れが来ていると思いますが、ハーヴェイ辺境伯家より参りましたヴァイオレットでございます。この度は婚約者とともに、アルタートン家ご嫡男様のご婚礼お祝いのご挨拶に伺いました」

「は、話は伺っております。当主夫妻がお待ちでございますので、ご案内いたします」

表面上は穏やかな挨拶を終えて、バロットの先導で……まあ当然というか、応接室に入った。『よその家の次期当主とその婚約者』だもんな、うん。ちなみに、侍女代わりにカルミラがついてきてくれている。

一応、ちゃんとお茶は出してもらえた。それでも口にせずに待っていると、程なく父上と母上が入ってくる。俺とヴィーは座っていたソファから立ち上がり、客人として礼をした。

「ハーヴェイのご令嬢、よく来られた」

「この度はご嫡男様がおめでとうございます。式へご招待いただき、ありがとうございます」

「こちらこそ。遠いところをおいでいただき、ありがとうございます」

「本当に。こちらまでは長旅でしたでしょう、ゆっくりしてくださいましね」

父上の挨拶はまあ普通のものなんだけど、それに続いた母上の台詞がなあ。言ってることもそうだが、割と軽薄な物言いで。

何しろ小さな国なので、国境から王都までのんびり馬車旅で片道五日である。これを長旅とは言わないと思うんだが、母上の場合『辺境から王都近辺までの旅』はまるっと長旅という認識らしい。

母上のご実家も王都に近い領地持ちだから、本人の自覚はともかく辺境住まいは田舎者、という認識がある、気がする。

「いえいえ。お祝いの品もお持ちしておりますので、付き人に運ばせております。お受け取りくださいませ」

「これはこれは、重ね重ねありがとうございます」

ヴィーの、唇の端が一瞬だけひくっと引きつったのはたぶん俺にしかわからない……といいなあ。できれば兄上の結婚式の後はもう御免被《こうむ》りたいんだけど、こちらの結婚式にも呼ばなきゃいけないだろうなあ。うわあ、いやだ。

「セオドール。お前も元気そうで何よりだ」

と、父上の視線がこちらに向けられた。あくまでも、俺のことは婿に出した次男扱いのようである。いや、間違ってないんだけど婚約契約書の内容、忘れたとは言わせない。

「はい。伯爵閣下と奥方様に置かれましてはお久しゅうございます」

なので、アレに応じた対応で頭を下げる。途端、母上が訝しげに顔を歪めた。あなたも読んでいないとは言わせない……と言いたいところなんだけど、本当に読んでいない可能性がある。この人、次男より長男より、自分が一番大事だから。

「……何を言っているの、セオドール。前のように父上、母上でいいのよ？」

「便宜上アルタートンの姓を名乗ってはおりますが、私は事実上ハーヴェイの者でございます。そう、婚約契約書に表記がございます。ですので、それにふさわしい呼び方をしたまでのことですが」

「え……旦那様？」

あ、やっぱり読んでないな、母上。うろたえながら父上の顔を見る表情は……単純にどういうこと、私は聞いていないわという感じか。俺が自分の子かどうかは、この際論外の様子。まあ、母上は兄上の出来が良ければいい部分があるし。

で、父上のほうはというと。

「何を、『役立たず』のくせに生意気な！」

いや。だから俺、あんたが契約書まで作ってアルタートンから追い出した『ハーヴェイ辺境伯家次期当主の婚約者』だよね？　あなたの中ではいつまでも『役立たずの次男』なのだろうけれど、ハーヴェイにとってはまったく違う存在。

かっとして踏み出した父上と俺の間に、カルミラがするりと入った。メイドスタイルのどこにしまっていたのか、長い杖を盾のように構えて。

「ハーヴェイ次期当主の婚約者様への無礼はなさいませんよう、重々にお願いいたします。アルタートン次期当主様のお式の前に、刃傷沙汰《にんじょうざた》はお嫌でしょう？」

「な……」

「わたくしども、立場が立場ですので直属騎士団よりすぐりの者を護衛として連れております。どうぞ、お気をつけ遊ばせ」

ヴィーが殺気全開で笑う。いやもう、面と向かっている相手が父上だから立ってるだけで、そうでなければ腰を抜かしてるレベルで怖い。母上は見事に固まってるもんな。……俺はヴィーの隣にいて、殺気が俺には向けられていないから平気だけど。

「ありがとう、カルミラ。助かったよ」

「これが務めですので」

で、俺は助けてもらったのでお礼を言う。平然としたままで頭を軽く下げてカルミラは、杖を背中側に回してすすっと下がった。

「ご、護衛だと」

「ハーヴェィイ分家の者ですの。実力は、我が父の折り紙付きでございますよ」

父上の顔をやっと見直したけれど、ひどく引きつっていた。もしかして、俺の婚約者ごとき力で押さえつければどうにかなるとか思ってなかっただろうか。

父上はどうしても、女性を下に見る傾向がある。ハーヴェィイと違って、アルタートンは代々男性が後を継いできた家だからか。俺には兄上しか兄弟がいなかったから、アルタートンの女性がどれだけ強いのかというのは知らないけどさ。

「伯爵家であれば、当主の側に置く使用人もそれなりの身分でございましょう？　それを見下すのはどうかと思いますわ。ねえ、セオドール様」

「そうですね。くれぐれも、屋敷の外でそのような態度をお示しになりませぬよう」

この話は、ここで収めるつもりかな。ヴィーの考えをそう受け取って俺は、一応父上にそう言った。

……ハーヴェィイ分家といえばプファルのハーベスト家が子爵だけど、本家が辺境伯だからカルミラも子爵か男爵の家の出ということになる。いずれにせよ貴族だ、扱いには気をつけないといけない。

父上はまだ引きつったままだったけれど、母上のほうがそこに気づいて口を挟んでくれた。

「そ、そうね。ごめんなさい。あなた方の騎士に対しての暴言、どうか許してちょうだいな」

「リリ！　……く、そうだな、済まなかった」

ここで問題を起こして、ハーヴェィイから王家なりどこかに問題を奏上されるとアルタートンは困る。

たぶんそういう判断でだろうけれど、父上も謝ってくれた。済まない、なんて言うことすら父上は珍しいからな。俺なんて一度も言われたことないぞ。

「謝罪はお受けいたします」

それを知ってか知らずか、ヴィーはあっさりとそう答えた。ここでごねたところで、話が好転するわけがないからな。もと身内の俺がそう感じるんだから、そもそも他人のヴィーやカルミラにしてみれば、うん。

「さあセオドール様、宿に戻りましょう。お式の準備がございますでしょうから」

「そうですね。では伯爵閣下、夫人。式場にて」

父上に対する態度から一転、穏やかに笑ってくれたヴィーが差し出した手を取って、俺はもと両親に礼をした。

時は過ぎて。

ヴィーが父上を煽った、翌々日。兄上の結婚式当日である。

「お式の前日であれば、もう少し柔らかくご挨拶しましたよ?」

準備の終わったヴィーが、穏やかに微笑んでいる。要は中一日あるために、いくらなんでもアルタートンの当主が頭を冷やせないわけないよなあ、ということ。

「ま、父上が機嫌を直せてなくても外面だけはしっかり保っていただきたいよな」

「アルタートンのお家のために、そこは頑張っていただきたいところですわ」

ハーヴェイにお世話になるようになってから、俺もすっかり図太くなったものだと思う。もっとも、隣にヴィーがいてくれるおかげだろうから、俺自身もう少し頑張らないとな。

と、ヴィーの視線が俺に固定されたままなのに気づいた。お互いに、この日のための礼服姿だしね。

「うふ。ほんっとうにとてもお似合いですわ、セオドール様」

「ありがとう。ヴィーもよく似合ってるよ」

「ふふ、ありがとうございます」

兄上のおかげで素敵な礼服に袖を通せたのだから、ここはよしとしよう。

俺はヴィーの髪色である薄めの赤を差し色に使った、深い青の上下。カフスなどのアクセントにはヴィーの瞳の色である金茶にちなみ、琥珀が使われている。

対してヴィーは、俺の髪色の金が差し色にあしらわれた深い青のドレス。俺の目は薄い青なんだけど、イヤリングや髪留めにはその色にちなんでアクアマリンを使用している。

で、俺たちだけが礼服を着ているわけではない。俺たちを式場まで送迎するメンバーについては、騎士団の制服を着用している。今日はカルミラも、ヴィーの護衛なのでメイド姿じゃなくてこちらである。

「プファルもカルミラもかっこいいなあ」

「ふ、ふん。ハーヴェイの分家として、恥ずかしい姿をさらすわけにはいかんからな」

プファルが俺の護衛をすることになっているのだけど、これは本人が言っている分家ってのが大きいらしい。分家の嫡男が従っているところを見せて、俺が本家の婿だということを式に参列する皆さ

んに大いに広めるとのこと。

「同じく、ヴァイオレット様とセオドール様に仕える者として身を整えたまでのことです」

カルミラも分家出身だから、以下同文。ヴィーの側についている、赤みがかった髪の騎士はハーヴェイ分家の者、そう周囲は認識するのだそうだ。たしかに、他の家の人で赤い髪はほとんど見ない。少し違う色はあるけれど、それも見ればわかる。

「では、そろそろ参りましょうか。留守の間はよろしくお願いします、ルビカ、バルナバ、ルギエ」

「お任せを」

カルミラの声に答えたのは、こちらは動きやすいように軽装のルビカや騎士たちだった。

宿の部屋には、ルビカとあと二名ほどが留守番をしてくれることになっている。……いや、ここってアルタートン領だから領主が何をしてくるかわからない、って皆が言ってきかないわけ。まあ、ルビカたちがいてくれるなら大丈夫かな、とは思うんだけど。


結婚式の会場は、街中にある教会。アルタートン領の中では最大のもので、王都近辺の貴族領でも一、二を争う大きなものだとか。あとなんというか、絢爛豪華。さすがにごてごてはしていないけれど、天井画とか装飾とかが素晴らしいんだよね。

ハーヴにはここまで大きなものはないけれど、その分シンプル。彩色も派手じゃなくて、そちらのほうが俺は気に入っている。

「ハーヴェイ辺境伯家ご令嬢ヴァイオレット様、並びにご婚約者セオドール様。よくお越しくださいました」

結婚式や葬式などにも利用される施設なので、受付から控え室からきちんと整っている。カルミラに先導され、後ろをプファルに守ってもらう形で受付にやってきた俺たちは、ヴィーが示した招待状でその身柄を認識してもらった。

「この度はおめでとうございます。これで、アルタートン家も安泰ですわね」

挨拶するのは、あくまでもヴィーだ。俺はその隣で涼しい顔をしていればいい、と言われている。

まあ、受付にいたのは兄上の侍従たちだったしな。正直、口も聞きたくない。

「はい、ありがとうございます。では、控え室にてお待ちくださいませ」

「待たせていただきますわね。では参りましょう、セオドール様」

「ああ、行こうか」

心にもない祝いの言葉を述べたヴィーに、俺は腕を差し出す。そこにきゅ、としがみついた彼女は受付にちらりと視線を向けて……ふふん、となんだか上から目線のような感じで笑った。いやいや、面倒なことしないでくれよ。

「控え室って、どちらですの？」

「ん？　案内役が来てくれるだろ？　まさか、領主様のご一家がそんなところケチるわけもない」

こんなことをしれっと言ってしまうあたり、俺のほうが面倒かもしれないな。いや、慌ててやってきた女性が「ご案内いたします」って言ってくれたからいいんだけど。

ちなみにこの女性は兄上に軽食やお茶などを持っていく担当のメイドさんで、兄上が手を出してるとか出してないとかほんのり噂が立っていた、気がする。俺が知ってるのは兄上の侍従、受付にいる彼と付き合ってるって話だけどさ。

「ふふ、ありがとうございます」

「は、はい」

まあ、アルタートン次期当主の結婚式なんだからこういう雑用とかは家の使用人がやってもおかしくないんだけどさ、もうちょっと手際よくできないものかな。……兄上周りの使用人や侍従だから、というわけではないだろうし。

控え室はいくつかあって、そのうちの一室に俺たちは通された。ひとつの家に一室、なんて数はないので、当然先客がいる。

「ヴァイオレット様！」

と、その先客……女性がヴィーの名前を呼んだ。そりゃ知り合いやお友だちもいるよな、と思いつつ軽く腕を動かしてやると、ヴィーは小さく頷いて離れる。

「まあ、カルッカ様。直接お会いするのは久しぶりですわね」

「五年ぶりでしたかしら。ハーヴェイ領はお忙しいですものね」

「ここ二、三年は落ち着いているのですが、あまり王都までてくる用事もありませんしね」

「そうですの。でもよかったわ、ここで会えるなんて」

艶のある黒髪を結い上げた女性は、落ち着いた緑のドレスを着ている。立ち居振る舞いから高位貴族であることはわかるんだけど、何しろ俺はアルタートンではほとんど外に出なかったからな、そういった方々と面識がまるでない。

声をかけるのも躊躇われてしばらく見ていると、ヴィーがカルッカと呼んだ女性がちらと俺に目を向けた。あ、細められた目は面白そう、という感情だな。

「そちらが、噂のセオドール様？　わたくしを紹介してくださいな」

「ええ、もちろん」

ああ。カルッカ嬢がそう言ってくれればヴィーも、俺を紹介しやすいな。助かる。

そうして向き直ったヴィーの言葉に、俺は慌てて姿勢を低くせざるを得なかったわけだが。

「セオドール様。わたくしの大叔母様が嫁いだブライナ侯爵家の、現当主のご長女カルッカ様ですわ。わたくしと同じく、次期当主であられます」

「ブライナ侯爵家！　存じ上げずに失礼いたしました。アルタートン家の次男、セオドールにございます」

王国の東を護るハーヴェイ同様、北を護る要の家であるブライナ侯爵家。ヴィーの大叔母ということは先代辺境伯閣下、お祖父様の姉妹が嫁がれた先ということか。ヴィーと同じく、当主のご嫡女が次期当主だという話は聞いたことがある。うわあ。

「ふふ。セオドール様のことは、ヴァイオレット様から時々伺っておりましたわ。それにわたくし、王都守護騎士団に身内の者がおりましてね」

「光栄にございます。それでは、その皆様に父や兄がお世話になっていたかもしれませんね」

「その関係もありまして、わたくしも招待を受けましたの。独身ですから、何某かの面倒なお話があるのかもしれませんが」

おや。

たしかに、確定した婚約者がまだいない、とかも聞いた気がする。つまり、この式とその後の披露宴で他所の家から列席している独身の若い男性組とある種のお見合いとなるわけか。

「独身というなら、わたくしもですわ。……そういうことですの、セオドール様」

と、ヴィーのほうも困ったように眉根をひそめながら言ってくる。いやいやいや、たしかにまだ俺とヴィーは結婚してないけどさ。ちゃんと契約が結ばれた、正式な婚約者だってば。婚約契約書を作ったのは、アルタートンだろうが。

まあ、どのような手を取ってくるかわからない。何も手出しはしない、なんてこともあるかもしれないけれど、少なくともカルッカ嬢に関しては身内から婿を送り出したい、という気はする。俺をハーヴェイに出したみたいに。

「くれぐれも、お気をつけください。そこまで愚かとは思いたくないのですが……その、内々にどなたか良い方は」

「まだ本決定ではありませんが」

「あ、おられるのですね。では、強くお出になったほうがよいかと思います。人の目がありますから、侯爵家相手にそう強くは当たれません。たぶん」

本決定ではない、とおっしゃるカルッカ嬢の頬が、ほんのり赤く染まっている。つまり、少なくとも好意を持つお相手がカルッカ嬢にはおられてたぶん、内定までは進んでいるのだろう。

父上も兄上も、少なくとも外面は良いはずだ。そうでなければ、俺がアルタートンを出たあとになって書類で困っているとかそういう話が出てくるわけがない。

「そうなのですか？　ヴァイオレット様」

「アルタートンのご当主であれば、人様とのお付き合いには良い顔をされる方のようですしね。……ブライナのご当主様がよろしいのであれば、もうサクッとお進めになったほうがよろしいですわよ」

カルッカ嬢とヴィーはほとんど同じ立場だから、自分がやったようにやればいいと言ってる気がする。ブライナ侯爵家もハーヴェイと同じく戦人の家系だから、方向性も問題はないだろう。

「そ、そうですわね。お父様も、お相手様も乗り気でいらっしゃるので、たぶん」

「ご当主様が乗り気ということは、お家としても問題ないということですよね。なら、大丈夫ですよ」

俺が背中を押すように発言すると、カルッカ嬢は、ぱあと晴れた顔になって「はい！」と頷いてくれた。

……ブライナ侯爵家とハーヴェイが縁続きであることくらい、父上なら知ってるだろうからなあ。どんどこ縁を繋いで、アルタートンの地位を盤石なものにしたいんだろうけれど。

「そろそろお時間ですので、教会大広間へおいでくださいませ」

「はい」

俺にはよくわからないんだけれど、どちらかといえばアルタートン包囲網が作られている気がするんだ。

ヴィーやカルッカ嬢、他の参列者と一緒に式場へ向かいながら俺は、そんなふうに考えている。

「神の御前《みまえ》において、アルタートン家のロードリックとガーリング家のベルベッタを結びつけるものとする」

結婚式そのものは、何事もなくさくっと終了した。そりゃまあ、神の前で新郎新婦の結びつきを宣言する儀式だからね。

兄上も、兄上の奥方となるベルベッタ嬢も、そして双方の両親たちも神妙な態度のままで式を終わらせる。参列者である俺たちも同様に。

そうして、神の前の儀式から人の中の儀式である披露宴に移ったところで、俺は。

「お久しぶりです、ハーヴェイのご令嬢。そちらが婚約者様ですよね」

「まあ、ヴァイオレット様！　噂のご婚約者様と、とても仲がよろしいようで何よりですわ」

……なんでか知らんが、ヴィーとともに一部の参列者に取り囲まれていた。

ああ、披露宴といってもまあ立食パーティーなのでまあ、もともとの知り合い同士が言葉をかわしたり良いお相手がいたらいいかな、という感じになったりする……んだが。

「ふむ、やはりあなた方ふたりはお似合いですわね」

取り囲みの中におられるカルッカ嬢、腕組んでまじまじと俺たちを見て大きく頷いている。

というか、噂の婚約者ってなんだ。カルッカ嬢はヴィーの親戚でお友達っぽいからいいとして、俺どんな噂流されてんの？

「……あの、質問よろしいでしょうか」

「大丈夫ですわ、セオドール様。この方々は、わたくしやハーヴェイ一門と親しい家柄の方々ですの」

恐る恐る手を挙げると、ヴィーが笑って頷いてくれた。カルッカ嬢も「わたくしも保証いたしますわ」と言ってくれたので一度呼吸を整えて、皆様方に聞いてみる。

「あの、俺のことでどんな噂が流れてるんでしょうか？　あまり表に出ないもので、よく知らないいんです」

「まあ！」

いえ、声を揃えて楽しそうに笑わないでください。他の参列者の皆さんから何アレという視線で見られてるんですが。

……まあ、参列者は基本的に、ガーリングやアルタートンの身内とかだしなあ。ヴィーがハーヴェイの次期当主なのはわかってるはずだけど、あの若造がとか田舎者がとか思ってるかもな。ガーリングは母上側の親戚ってこともあって、そういう見方をする傾向にあるようだし。

さて、俺に関する噂曰く。

「ヴァイオレット様が幼き頃に見初めた、運命の殿方だと伺っておりますわ」

「武門の出で、ヴァイオレット様に寄り添うには適格な殿方とわたくしは聞いております」

「……ええと」

「ふふ、正確なお話が広まっていて何よりですわ！」

俺は頭を抱えたくなって我慢している状態だけど、一方ヴィーはとても満足げに笑っている。

ヴィーが幼い頃に一目惚れしてくれた武門の出の男、というのは間違ってないからなあ。

「ハーヴェイ一門の皆様やそちらの騎士団の方々のお身内から、そういったお話はよく聞かれますのよ」

「わたくしも、それとなくお友だちには流しておりますわね」

身内同士での話はともかくカルッカ嬢、あなた意図的に流しておられますね。いやもう、何やってるんだろうなハーヴェイ一族。

……これは、義父上義母上もお知り合いにぶちかましている……んだろうな。さて、どこまでどんな話が広がっているのか、想像するのも怖い。

なんてことを考えていたら、話をしてくださった方のおひとりから尋ねられた。なんでも、兄上の部下のお母上らしい。

「ところで、セオドール様とおっしゃると、もしかしてアルタートンの」

「一応、次男です。ヴィーと婚約した際に、事実上ハーヴェイの者となっておりますが」

書類上は未だにセオドール・アルタートンであるので、きちんと答える。この言い方でいいのかな、と思っていたらその方はぽん、と手を打たれた。

「まあまあ、そういうことでしたの。では、お兄様のお式ということでお呼ばれなさったのね」

「いえ。ヴィーとその婚約者、という体《てい》で呼ばれております。恥ずかしながら、俺はアルタートンでは役立たずと言われておりましたので」

「は？」

父上も兄上も、俺を『役立たず』と呼んでいた。故に、俺がアルタートンが主催の場で彼らの認識を口にしても問題はない、と思う。少なくとも、九年前のあのパーティーでは俺はそういう扱いだったから。

「何の話をしているんだ？　セオドール」

久しぶりに聞いた声に、一瞬で背筋が凍った。アルタートンの屋敷にいたときの、あの感情が蘇る。

俺は、このひとには、かなわない。

「まあ、アルタートンのご嫡男様と、奥方様」

「……ロードリック様、ベルベッタ様」

けれどその感覚は、ヴィーのひどく冷たい声と肘にかけられた彼女の手の感触で吹き飛んだ。一呼吸置いて彼女とともに向き直り、この宴の主役であるふたりの名を呼んで頭を下げる。

「ご結婚、おめでとうございます。アルタートン家のますますのご発展を、お祈りいたしますわ」

あくまでも『知り合いの次期当主夫妻』に対する態度を、俺たちは取る。カルッカ嬢や他の皆様方の前で、恥ずかしい真似はしてやらない。

だから兄上、あなたも新妻の前でぐしゃりと顔を歪めないほうがいい、と俺は思う。

「ふん。祝いの言葉は、ありがたく受け取ろう。なあ、ベル」

「ええ。ありがとうございます、ハーヴェイ辺境伯令嬢」

俺の思いが通じたのか、兄上はなんとか表情を取り繕った。隣にいるベルベッタ嬢は、さっきのひどい顔を見ていないようでにっこり微笑みながらこちらに礼をする。

それから、ふと首を傾げて兄上に視線を向けた。

「……ねえロディ。わたくし、あなたの弟様とほとんどお会いしたことない気がするのだけれど」

「ああ。セオドールはあまり出来がよくなくて、引き籠もっていたからね」

表向きには、そういうことになっているらしい。王都守護騎士団の副長である父上と、その後継者として騎士団員を務めている兄上の言うことだから外では、すんなりと受け入れられていたんだろう。

カルッカ嬢とかは、さっきのヴィーの話を聞いているからそのあたりの齟齬《そご》に気づいている。ほとんど表情に出していないのは、一応ここが人様の結婚披露宴会場で目の前にいるのがその主役だから、だろうな。

主役、特に兄上のほうがそれに気づいているかはともかく。

「ハーヴェイ家には、出来の悪い弟を押しつけて悪いと思っているよ。既に交わされている婚約だが、面倒だと思ったのであればいつでも返してくれてかまわない」

「まあ」

……これは気づいてないな。平然とした顔で、そんなふうにヴィーに言ってくる兄上は。

対するヴィーのほうは、白い目で睨むように微笑んでいる。くす、と唇の端をほんのわずか引き上げて……あの、臨戦態勢はやめてくれないかな。いや、物理的に戦うわけではないだろうが。

「ふふふ。お気遣いありがとうございます、アルタートン伯爵令息ロードリック様。ですが、ご心配には及びませんわ」

これ、もしかして物理的に戦ったほうがいいのか？　いや、ヴィーと兄上が戦ってどちらが勝つかは、今の俺にもちょっとわからないのだが。贔屓目で見るから、ヴィーが圧勝しそうでならないんだよね。

参列者ではないプファルとカルミラが、別室待機でよかったよ。あのふたり、ここにいたらどうなってるか。

「セオドール様との婚約は、そもそもわたくしが心より望んだことでございます。我が父、母、騎士団から使用人に至るまで皆、セオドール様をハーヴェイの一族としてお迎えすることには諸手を挙げて賛成しておりますの」

そんな俺の考えをよそに、カルッカ嬢ほか参列者各位が見守る中、ヴィーはにこやかに微笑みながら朗々と意見を述べる。

ああうん、なんか義父上義母上その他皆様方にはめっちゃ受け入れられたもんな。今一番反発してるのはプファル……だと思うんだけど……あれ？

「何しろ、セオドール様は心優しいお方でございますわ。我がハーヴェイ騎士団に身を置き、鍛錬なされればなさるだけお力をつけになられましたし、乗馬に関しましても乱暴者であった馬が自ら頭《こうべ》を垂れ、その背を許すほどですの」

いや、アルタートンでは鍛錬とかほとんどさせてもらえなかっただけだからね。フォート先生が教えてくれたけどさ。

乗馬は……チョコが懐いて、もとい、師匠になってくれたからなあ。

ちなみに、チョコはシルファと一緒に俺たちの馬車隊についてきてくれている。何かあったら乗って逃げろ、ということらしいんだけどシルファはともかく、チョコは敵を踏み潰していきそうなんだよな。

「内務に関しましても、たとえば書類作業ですがセオドール様の字は美しく、かつ書式も整えられていてとても見やすいと文官たちには評判ですわ。セオドール様の書類を見本として、我が領では事務作業がよく進んでおります」

あ、うん。たしかに俺が作った書類、すっかり見本になってるな。

ヴィーの言い方だと、俺がアルタートンで兄上の書類処理をしていたことはわからないだろうから、口を挟むことはないか。

ただ、兄上が一瞬だけ苦虫を噛み潰した顔になっていたけど。

俺は何も言わないけれど、ふとカルッカ嬢に視線を向けると彼女はいたずらっぽく目を細め、そして頷いてくれた。……なんとかしてもらえそうだな、うん。

「アルタートン伯爵令息におかれましては、この身を案じていただきありがとうございます。ですが、ご心配は無用ですわ。ねえ、セオドール様」

わざとらしく、芝居がかった仕草でヴィーは、兄上に挨拶をしてみせる。やっとここで俺に話が振られたので、こちらも同じように笑ってみせよう。

「お聞きのとおり、私はハーヴェイ家にて歓迎されております。そもそも、アルタートンを出た段階で私は事実上ハーヴェイ家の者である、と婚約契約書に記されており、その契約は発効済みです」

「何？」

ああ、兄上は俺の婚約契約書なんて見ていないよな。自分が手がけるべき書類すらほとんど見ていないのだから、自分に関係しない書類なんて尚更。

「そういうことですので、私はアルタートン家に戻る気はございません。嫡男様と奥方様、おふたりで支え合ってお家をもり立ててくださいい。遠く辺境の地より、お祈りいたします」

「セオドール様はこのわたくしが、責任を持ってこの上なくお幸せにいたします。どうぞ、ご案じなさいませぬよう」

俺とヴィー、ふたり同時に礼をする。と、どこからともなくぱちぱちと拍手の音が聞こえてきた。

「ふふ、素敵な弟君とその婚約者様でよかったですわね。アルタートンの後継者様」

……カルッカ嬢だ。さすがヴィーの親戚、言い方がそっくり。

で、それに答えたのは兄上ではなく、ベルベッタ嬢だった。……義姉上、とは言わないことにする。

「そうですわね。ねえロディ、ここは収めましょう？」

「…………………ぐ、そ、そうだな。この場はベルに免じて、これで収めてやる」

そうして兄上は、あくまでも自分が優位だと主張してこの場を去っていった。あちらにいる、父上のお知り合いであろう方々のところに行くんだろうな。

兄上たちの興味がこっちから逸れたことを確認して、カルッカ嬢がふうと小さくため息をついた。

そうして、近くの立食テーブルに手を差し伸べる。

「……ヴァイオレット様、セオドール様。こちらで一緒に、軽くお食事いたしませんこと？」

「まあ。そうですわね、軽くいただきましょう。ね、セオドール様」

「そうだね」

いやもう、こうなったらおいしいはずの食事をしっかりいただいて宿に戻るしかあるまい。ヴィーも同じことを考えていたんだろう、お互いに顔を見合わせてから頷いた。

「わたくし、ちょっと失礼いたしますわ。連れと待ち合わせておりますので」

「私もですわね。では、これにて」

おっと。

カルッカ嬢と一緒にいた方々は少し困ったような顔をして、離れることにしたようだ。まあ、たしかにお連れさんはいるはずだから、今の話を情報として伝えるのだろう。だったら、俺たちが止めることはない。

「ええ。また」

「ご迷惑を、おかけしました」

挨拶をして彼女たちと別れ、ソフトドリンクとカナッペなどを取ってきてからカルッカ嬢に示されたテーブルに移る。ある程度距離を離して置いてある軽食用のテーブルにつけば、あまり他人の耳を気にすることはないだろう。ないよな？　兄上。

「大変でしたわね」

「兄上はもとからあんな感じですよ。外面は良い……らしいんですが」

俺は、家の中の兄上しか知らない。だけど、兄上の侍従たちからその評判を聞いている。たまに父上や兄上の知人が屋敷を訪れることがあって、その話をちらりと伺う限り……まあ、あの兄上が外では清廉潔白な騎士、を気取っているらしいと判断した。

「人は多かれ少なかれそういう部分があるものだけれど、あの態度はどうかと思いますのよ。奥方様、大丈夫かしらね」

「もし本性を出しておられなければ、これから苦労することになりますわね」

カルッカ嬢とヴィーは、ベルベッタ嬢について心配しているようだ。実際どうなんだろう？　個人的には、外面だけ見せている気がするんだけどな。俺の知ってる兄上をわかってて嫁いでくるのなら、それは趣味の問題というか、なあ。

「あら。そういえばカルッカ様は、お連れの方は？」

「今あちらで、母が『外面の良い』ロードリック様とお話ししてますわね」

ヴィーの問いに、カルッカ嬢が小さく指で示す。ああ、たしかに俺たちの親世代の方々が、兄上夫妻と和《なご》やかに会話を交わしているな。

カルッカ嬢のお母上である現ブライナ侯爵夫人から見て、兄上……ロードリック・アルタートンがどういう人間に見えるのか。それとカルッカ嬢が先ほど見た兄上とは、かなり違うのだろうな。

「お身内、そうでない殿方、そしてわたくしども女性。さまざまな目線から見た結果を重ね合わせて、わたくしどもは人を評価しなければなりませんわ」

カナッペをひとつ口にして、カルッカ嬢は少し疲れたような声を出す。これも外では出さない態度なのだろうが、今目の前にいる俺とヴィーには見せてもいい、と考えてくれているらしい。ちょっと、嬉しいな。

「お手数をおかけします。俺は家の中の兄上しか見たことがないので、外から見た印象というのがわからないんです。……まあ、いくらなんでも家でのままであるとは思っていませんでしたし」

それでも、兄上の本性を見て疲れたのは悪かったと思い俺の本音を素直に話した。ヴィーにちらりと視線を向けると、彼女があとを引き継いでくれる。

「そうですわね。少なくとも、ここでセオドール様とお話をなさるまではうまく演じておられたかと」

「それが、弟君を目になさったことでついうっかり、家の中での性格がお出になったということですのね」

カルッカ嬢はさすが侯爵家次期当主ということもあってか、観察力がかなり鋭いと思う。ヴィーの親戚だったり友人だったりするのも影響は、していないといいなあ。うん。

「わたくしはともかく、招待された方々の中には王城にお勤めの方などもいらっしゃいますわ。その方々の中で、先ほどのお話を聞いていらっしゃった方もおられましょう」

まあ少なくとも、こういった物の言い方はさすが親戚としか言いようがない。回りくどい割に、聞く人が聞けばその意味はさくっと理解できる言い方だ。

この場合は、つまり。

「……王城に、兄上の評判が伝わる、ということですか……」

「実際の評判なのですから、伝わっても問題ではありませんわよ？　それに、セオドール様にもヴァイオレット様にも関係のないことでございましょう？」

「まあ、よそ様のご嫡男の評判が落ちるかもしれない、だけですしねえ」

ふたりとも、言い方に棘があるな。たぶん、外から聞いていたら俺の言葉にも、あるんだろう。

そのくらいには俺は、どうやらひどい扱いをされていたらしいから。

ほんの数瞬、このテーブルは暗くなった。ただ、まっさきに顔を上げたのはやはりというかカルッカ嬢で。

「まあ、お料理はおいしいですから楽しみましょう。ね？」

「そうですね。ヴィーも食べよう、このソテーおいしいよ」

「セオドール様がお勧めなのでしたら、いただきますわ」

ひとまずは食事に専念することにした。終わって様子を見て、さっさと宿に引っ込めばいいだろう。うん。


無事に宿まで引っ込んで、一緒に来てくれた皆に会場での話をした。

「くそ、その場にいたら俺が許さなかったのに」

「だからいなくてよかったのでは？　結婚披露宴で主役ぶっ飛ばしたら大事ですもの……こほん、失礼しました」

なぜか、プファルが一番怒ってくれていた。実はいいやつなんだよな、というのはわかってるんだけど。

それを、カルミラが窘めている。いやほんと、そんなことになったらあの兄上と父上のことだ、何をやらかすかわからないからなあ。

「これが戦場でしたら、遠慮はしませんが」

「披露宴会場なんて、ある意味戦場ですけども」

ルビカとリーチャが、指をバキボキ鳴らしている。ルビカは室内で留守番ありがとう、特に問題はなかったらしいな。……あったらそれこそ問題なんだけどね。貴族が使う宿だし。

「戦場だったら、誰が動くより先にヴィーが遠慮しないだろうなあ」

「ですよねー」

「もちろんですわ」

俺の感想には全員、それこそヴィー本人まで頷く。兄上よりは外面の作り方がうまい……というか、貴族はこのくらいの腹芸が普通ではないのかな。まあ、俺に関係するわけでなし。

で、そのヴィーがちらりと視線を向けた先は、ルビカだった。

「ところで、ルビカ」

「はい、こちらに」

ヴィーが差し出した手の上に、ルビカが取り出した封書が置かれる。蠟封から見て、間違いなくアルタートン家から差し出されたものだ。

リーチャが差し出したペーパーナイフで封を開き、中の便箋を取り出す。内容を一瞥してヴィーは、ふっと鼻で笑った。

「……アルタートン家より、騎士団との模擬戦の申し込み、だそうですわ」

早っ！

というか、たぶんヴィーが兄上煽る前に出してたよなこの封書！　でなけりゃ、披露宴から帰ってきたタイミングで留守番のルビカからはい、と渡されるわけがないだろ！

「本当に来るんですのね」

「というかこれ、完全に最初からやるつもりでしたねえ。あっはっは」

カルミラがあきれ、リーチャがやれやれと肩を竦める。いやまあ、こんな機会でもなきゃ私的に模擬戦とかしないだろう。どちらかと言えば、ハーヴェイの戦闘能力の実際を見ておきたいあたりか。

「兄上か父上の差金であることに間違いはないですね。この書き方だと、騎馬戦を想定しているようです」

見せてもらった内容を読み解くと、たぶんそうなる。模擬戦の場所に指定されたのは騎馬戦の訓練場で、結構広い。ついでにいうと、たまにイベントで模擬戦をやるので観客席なんかもちゃんとあるわけだ。

で、こちらが戦闘用の馬を持ってきていないことを前提に騎馬戦、ということなんだろうけどさ。

ヴィーがにっこり笑う。

「チョコとシルファを連れてきていてよかったですわ。あなたたちの馬は」

「俺はイーフに乗ってきてますし」

「ラムはいますけど、基本馬車馬ですよ？」

「ミストはすっかりチョコの舎弟《しゃてい》なんで、問題はないかと」

「あー、うちのムートは置いてきました。ちょっと調子悪くて」

プファルの馬がイーフ。割とテンション高めらしい、赤っぽい馬。

カルミラの馬がラム。きらきらした金のたてがみが綺麗な、栗毛の馬。

チョコの舎弟になっちゃったミストはルビカの馬、芦毛っていうのかな。歳を重ねるに連れてだんだん白くなっていく馬。

で、調子が悪くて来てないムートはリーチャの馬。……チョコよりがっしりした、荷車引く馬だよね、たしか。

「つまり、少なくともわたくしとセオドール様、プファル、カルミラ、ルビカは愛馬で戦えるということですわ。リーチャは他の馬でも問題はありませんわね？」

「それは任せてくださいませ。農耕にも馬は必要ですから、手懐《てなづ》けるのは得意ですからねぇ」

ヴィーの言うとおり、ここにいるうち五人はいつも自分が乗っている愛馬を使って模擬戦ができる。リーチャはどの馬でも大丈夫みたいで、ただムートとの相性が一番いいというだけだ。

「というか、愛馬がいないと思って模擬戦頼んできたんですかね。アルタートン」

「さあ、どうかしらね」

プファルの疑問はもっともなんだが、これればかりはアルタートンの血族である俺でもわからない。もしかして父上や兄上、こういうときは使っている馬置いていくんだろうか……と思ったけど、考えてみると俺たちとあっちじゃちょっと違うか。

「父上や兄上は王都守護騎士団員だから、馬はそちらの管轄になるんじゃないかな。俺たちはハーヴェイ家の直属なわけだから、こういうときでも自分の馬は連れてこられるけど」

「模擬戦を申し込んできたのは『アルタートン家』ですものね。お家の馬をお使いになるのでは？」

なるほど、カルミラの意見ももっともだ。……もちろん、俺はアルタートン家の馬は知らない。厩があるのは知っているけれど、近寄るなと言われていたから。

「まあ、お受けいたしましょう。よかったですわねプファル、アルタートンの騎士の実力を知ることができましてよ」

「そうですね。ハーヴェイよりどのくらい弱いか、見定めましょう！」

……あの、プファル。

一応俺、血筋としてはアルタートンだからね？

十三．模擬戦

披露宴から三日後。

俺たちは、アルタートン家が持っている訓練場にいた。既に向こう側にはアルタートン家の一部隊、兄上とその部下の皆さんがおられる。

あちらは総勢十名。こっちはヴィーと俺、プファル、ルビカ、カルミラ、リーチャ、そしてナッツの七名。他の皆は宿の留守番と控え室の留守番。まったく信用されてないな、アルタートン家。俺もしてないけど。

「この度は、こちらの要請を快諾いただき感謝する」

そう、ヴィーに対して礼を言ったのは主賓席にいる父上。ああ、今日は見物に徹するつもりなんだ。

「いえ。わたくしどもハーヴェイといたしましても、高名なるアルタートン家の騎士の力をぜひ拝見したく思いましたので」

ヴィーはにっこり微笑んで、胸に手を当てて軽く頭を下げる。きちんと戦闘用の服、というか騎士団の制服を着込んでいるので、カーテシーよりはこちらのほうが礼にかなっている。

こちらは全員平気な顔をしているのだけれど、あちらは父上も含めてすごく不満げな顔だ。その理由は、父上がぼそりと言ってくれた。

「それにしても、普段遣いの馬を連れてきているとは」

「何しろ、一番扱いやすい相棒ですので」

要請に対する承諾の返答をしたためた手紙に、ヴィーは愛馬を連れてきているのでお気遣いなく、と書いておいたとのこと。それでどうして不満なんだろうね。ハーヴェイの本気を見たくないのかな、父上は。

……いや、まだ本気じゃない気はするけどね。


さて。

アルタートンの騎馬戦は、十名ほどのチーム戦である。大将をひとり置き、敵の大将を馬から落とした側の勝ち。

騎馬戦なので、騎乗者は落馬したら戦闘から脱落する。最初から騎乗していない兵士も参加は可能で、その場合は頭の上に目立つように着けられたタグを奪われたら脱落。

飛び道具は基本的に手槍のみ。勢い余って剣をぶん投げるくらいは、ともかく短剣とかの暗器は禁止。別に殺すのが目的じゃないし、絵面が悪いから。アルタートンとしてはここ重要、なんじゃないかな。

俺はルールを知らなかったのだけど、向こうからの要請で頼んでやることになったためルールはちゃんと送られてきた。見たことのある文字ではないが読みやすく柔らかい文字だったので、もしかしたらベルベッタ嬢が書いてくれたのかもしれない。

で、そのルールに準じて配置は昨日決めた。宿の厩で、馬たちの世話をしながら。

「大将はわたくしが務めます。セオドール様はわたくしの前に。プファル、ルビカは先陣を。カルミラは右、リーチャは左を」

「わかった。チョコ」

「ぶるる」

ヴィーの前に俺が配置される、ということはたぶん、兄上あたりは突貫してきそうだ。けど、チョコがものすごくやる気なんだよなあ。よし任せろ踏み潰してやる、とでも言わんばかり。いや、踏まないほうが良いと思うよ。

「イーフ。チョコに踏み潰されないよう、雑魚《ざこ》を狙うぞ」

「ひん」

プファルもイーフも、さすがにチョコは怖いらしい。なんというか、親分ぽいんだよなチョコって。

名前はかわいいんだけど。

「ミスト、我らも雑魚を片付けるぞ。おそらく、敵はヴァイオレット様の前にセオドール様をぶっ飛ばしにくるだろうからな」

「ひひん……ひん？」

「ぶるっ」

ルビカ、言い方それでいいのかよ。いやまあ、相手がアルタートンだと『役立たずの次男』をまずどつきに来そうだけどさ。

あとミスト。いくらチョコの舎弟だからといって、今回はご機嫌伺いする必要ないからね？　どうせやることは理解してるんだろうし。馬って、皆賢いからね。

「ラム。行けるね」

「ぶるるぅ」

カルミラとラムは、言葉がなくてもなんとなく意思の疎通はできるようだ。いや、人と馬なんでそちらのほうが普通だと思うけど。鐙《あぶみ》で脇腹を軽く蹴ったり、手綱や手で首筋を叩いたりして指示をするのがさ。

「ナッツ。あなたはわたくしのそばで、情報分析をお願いします」

「お任せを」

別に全員馬に乗らなくてもいい、ということでナッツがヴィーの側にいる。ヴィーの代わりに指示を叫んだり、相手の状況を見たりする役割だ。これが実戦だと、他の部隊との連絡役だったりするけれど。

「とはいえ、作戦はなくてもいいですよね。あちらがどういう戦法取ってくるか、何かわかりますし」

「ひとまずは俺を仕留めにくる、だろうな」

「たぶん、敵の数は多めだろうなあ」

ナッツの言葉に、俺は頷く。プファルがニヤニヤしているのは、どちらかというと殴る数が多くてラッキーとかだろう。俺としても、父上にしろ兄上にしろぎりぎりの十人は出してくるだろうし。

「ヴァイオレット様とセオドール様は、体力温存しといてください。どうせならボス相手にいいところ見せてほしいんで」

「それはありですね。個人的には、おふたりでぶっ飛ばしていただきたいのですが」

「ルビカもカルミラも、好きに言ってくれるなあ。ハーヴェイが勝つ前提で言ってるよね、それ」

ふたりに対して一応、突っ込んでみる。本人の性格はともかく、アルタートンの当主や次期当主が騎士としては強い人物だというのは事実だから。

「もちろん、勝利が前提ですわ。お相手はアルタートンですが、わたくしはハーヴェイですもの」

でも、ヴィーがはっきり言ってくれたから、なんだか勝てるような気はしたけれど。

それに、俺はアルタートンで、ハーヴェイで鍛錬もしたからな。騎士団の皆と一緒に。

「なら、気を引き締めていこう。一応、王都守護騎士団の騎士を相手にするんだから」

だらけて負けるなんてことだけはないように、俺は声を張り上げた。

「ひとつ、よろしいでしょうか」

不意に、主賓席から声が上がった。ああ、この声は結婚式と披露宴で聞いた、ベルベッタ嬢……えーと、兄上の奥方だからベルベッタ夫人か、彼女の声だ。

彼女は父上の隣、ひとつ間を開けて座っていたようだ。そこから立ち上がり、軽く手を上げている。

「ベルベッタ。どうした」

「今回、ここで行われるのはアルタートン家とハーヴェイ家の模擬戦でございますわね。ハーヴェイの方々は七名のご様子、であればアルタートン側も同じ人数で挑まれたほうがよろしいのではありませんか？」

「おや」

あ、こっちが言うといちゃもんになりそうだから言えないことを言ってくれた。向こうの大将の妻だもんね、言ってもいいよね、うん。

「ほう」

「べ、ベル？」

「ロードリック様の妻として、申し上げます。今の状態でしたら、アルタートンが勝利したとしてもそれは数の力によるもの、とご覧の皆様方が判断なさるかもしれません。それは、名高きアルタートンとして受け入れられるものですか？」

父上がおや、と目を瞠り、兄上はなんでそんなこと言うんだみたいな引きつった顔をしている。

なるほど、あの言い方なら彼らは受け入れてもおかしくはない。『名高きアルタートン』というところが、あのふたりの高い高いプライドを刺激するだろうから。

「え、あ……ああ。そ、そうだ、な」

「ふむ、たしかにベルベッタの言うとおりではあるな。ロードリック」

ほら、兄上は思わずコクコク頷いてる。父上は……義理の娘である彼女の意見に納得したらしい。

声を低くして、兄上の名を呼んだから。

この場合は、当主から次期当主への命令と考えていい。ベルベッタ夫人の言うとおりにしろ、って。

「……わかった。ドナエル、ライオス、それとヒービルは下がれ」

「はっ」

「わかりました」

「承知しました。下がらせていただきます」

そうして兄上が指名した三人が、馬を連れて下がる。

……あれ。そういえば彼らは、アルタートンの屋敷で見たことがある兄上の侍従だ。そもそも騎士団の部下だったのを侍従にしたのかその逆か、といったところなのかな。ふむ。

「ありゃま」

それで俺は納得したわけだが、変な声を上げたプファルを先頭にハーヴェイ側は珍しいものを見る顔になっている。まともな判断をしたからか、兄上がその判断に従ったからか。

……周囲に観客がいるから、父上が外面の良さを発揮してるんだよ。兄上は父上の命令だから、渋々従ったわけで。

と、ルビカがこっちを見た。

「ベルベッタ嬢……じゃないか、夫人ってこちらの味方、じゃないよな？」

「違うだろうね。ただ、母上の親族で侯爵家の出だから単純に、貴族としてのプライドから出た言葉だと思うよ」

「なるほど。そういうことならば、納得した」

俺の推測だけど、と付け足して彼の質問に答えてみたけれど、たぶん間違ってはいない。

こちらに不利なのが嫌だからとかいうのではなく、彼女が言い放った言葉のとおりだ。不公平な数での模擬戦は貴族として恥ずかしい、と考えたまでのこと。

そう考えると、アルタートンでの模擬戦のやり方を書いてくれたのも理由は同じか。やり方を知らなければ不公平だ、と。

あれ、兄上の奥方としてはいい相手じゃないか、彼女。

「奥方様は、悪い方ではありませんわね。観客がいるとはいえ、それを受け入れた伯爵閣下の判断は正しいわ」

ヴィーがうふふ、と唇の端を少し上げている。少し、ほんのすこーしだけ見るべきところはあったとか考えているだろ。

父上はアルタートン伯爵家の当主だし、王都守護騎士団の副長だからね。それなりの判断力はあるし、まともな思考もあると言えばある。家の中、もっと言えば俺に対してはそういうのは働かなかったけれど。

「なら、数でかかりゃよかったと思わせればいいっすか？」

「ええ。皆、ハーヴェイが国境の護りである証しをこの場でお見せしましょう」

ナッツの問いにヴィーは、大きく頷いてみせる。実際のところ、俺がアルタートンの戦力をちゃんと知っているわけではないからこの勝負がどうなるかはわからない。だけど、全力でやってみせるべきではある。

それに、ヴィーを始めとした皆がものすごくやる気になっているからな。ヴィーの婚約者である俺が、やらなくてどうする。自分に、言い聞かせる。

「双方、準備はできたようだな」

兄上側の三人が退場して七対七になったところで、父上が場内をぐるりと見回した。観衆がざわり、とその瞬間を待ち望むように静まる。いや、今までも結構騒いではいたけど、あまり気にはならない感じだったな。そういう作りなのかね、ここ。

まあ、いいか。父上の手がす、と挙げられたので、意識を兄上のほうに向ける。このくらいは、どこでも同じ合図だから。

「それでは……アルタートン家騎士団対ハーヴェイ家騎士団、模擬戦、開戦！」

手が振り下ろされて、模擬戦が始まった。

「プファル・ハーベスト参る！」

まっさきに、プファルが突進を始めた。頑張れイーフ、と思いながらその先を見ると、向こう側からも同じように突っ込んでくる騎馬。

「おお、ハーヴェイの分家かあ！　セディ・ガーリング、参る！」

どうやら似たような性格であるらしい二騎がまず、模擬戦用のランスで突き合った。お互い、うまくすかしたようでそのまま戦闘に入る。その向こう、アルタートン勢が前進を始めているのを見て、ルビカがミストの腹をとん、と蹴った。

それにしてもプファル、そこで名乗るのか。それと、向こうのセディさんとやらは俺は知らない人だ。ガーリング、と名乗っていたからベルベッタ夫人の親族なんだろう。弟あたりかな、あの年格好だと。

「騎士同士の模擬戦って、名乗らなくていいんだよな？」

「そうっすねえ。ま、プファルだし」

俺の疑問には、ナッツが答えてくれた。そうだよな、プファルだもんなと納得してしまうあたり、俺もすっかりハーヴェイに染まっているなと思う。

とか考えているうちに、ルビカが別の騎士と接敵した。リーチャとカルミラも前進しているので、俺も構えよう。

ヴィーは自然体だけど、視線は戦場に向けられたまま。大将であり、落馬されたら終わりなので俺が守らないとな。

と、ナッツが声を上げた。俺たちにではなく、先行したリーチャとカルミラに向けてだろう。

「来るっす、左右からこちらに手槍投擲」

「あいよー！」

軽い返答は、リーチャのものだ。観客の声で聞き取りにくいかなと思ったんだが、ちゃんと届くんだな。

手槍を投げるには、どうしても準備動作が必要。あと、上級者でもなきゃ馬は停止してないとバランスがね。そういうわけで、ナッツはそういった敵の動作に集中している。

「いや、あんた馬鹿じゃないの？」

「がっ！　く、お主やるな！」

左側の一騎を、リーチャがランスでぶん殴る。投擲姿勢に入ってたところだから、胴体が空きなんだよね。けど、そちらの騎士は落馬せずに手槍を持ち替えてリーチャと殴り合いに入った。ベテランらしく、器用に立ち回っている。

「手槍投擲は、後方からやるものではありませんか？」

「ぎゃひっ！」

右側のほうは、カルミラがランスをまっすぐにぶつける。そちらの騎士はぐらりと揺れて馬から落ちていく……と、手槍をぐるりと回してカルミラを狙った。がきん、と硬い音がしてカルミラは、うまく受け流したようだ。

「アルタートン側、一騎脱落」

ナッツが声を上げる。ざわ、という観客の声はほんの一瞬で収まった。

同数同士の場合、最初は単に一対一がその数だけあるって感じになる。大将がいきなり前に出ることはまずないし、敵陣営のひとりを集中攻撃したらほら、騎士同士だし観客がいるからね。

といっても、今のようにひとり減ったくらいで調子に乗るわけにはいかない。

ひとり落としたカルミラのところに突っ込んできたのは、割と大柄な馬に乗った騎士。乗り手もかなりしっかりした体格だから、そういう馬じゃないと動けないんだろう。

「いざ参る！　仲間の仇、取らせてもらおうぞ！」

「勢いで、来ますか……っ！」

お互い馬を走らせながら、ランスをぶつけた。重量で勝てないカルミラがぐらりと揺れ、それでも落馬はしないまま駆け抜けてしまう。

「大将首、取らせていただく！」

「まあ、来るよなあ……行くよ、チョコ」

「ひん」

相手の騎士は、そのままこちらに突っ込んでくる。ヴィーのところまで行かせるわけにはいかないから、次は俺だ。チョコに声をかけて、前に出ながらこちらもランスを構えよう。

「セオドール！　出てきたなぁ、ここで潰す！」

おや、名指しされた。光栄だなあ……なんて誰が思うか。

あの騎士、そもそも俺狙いだったのな。兄上の部下だし、そういう命令が出ているのだろうか。それとも、事務処理に苦労した私怨か。どっちでもいいけれど、こちらこそここで潰させてもらおう。

狙うはランス、ではなくそれを持っている手。腕、でもいい。要するに、持ってる武器を落とさせるように該当部分を、ランスを振り下ろして殴る。

「はあっ！」

「がっ！　なんだとっ！」

もちろん、向こうだって防御用に小手とかつけてるし、当然それである程度は防げるのだけれどうまく、俺の一撃は入れられたようだ。落ちたランスを、俺のランスの穂先でくるりと絡め取る。ぽんと跳ね上げたそれを、利き手を空けて摑み取って。

「よいしょ。お返し！」

「ぐはっ！」

投げ返すと、喉元にうまく直撃させられた。もちろん、防具があるからひどいダメージにはならないけれど一瞬、息は詰まるだろう。ランスを持ち直して駆け寄り、もう一撃叩きつける。

「これで、どうだ！」

「ば、かなっ！」

力任せにランスを振り切ると、騎士はバランスを崩して落馬してくれた。馬は乗り手がいなくなって軽くなったので、慌てて逃げていく。

「アルタートン側、二騎め脱落……ハーヴェイ側、一騎脱落っ」

「きゃあ！」

その間に、向こうに駆け抜けてしまったカルミラがふたりがかりで挟み撃ちにされた。勢い余って敵陣に突っ込んだわけなので、仕方ないといえば仕方ない。そのまま落馬して、こちら側がひとり減ったとナッツの声が報告する。

「ええい！　セオドールと大将を狙え、お前らあ！」

「は、はい！」

向こうの陣で、兄上が叫んでいるのが見える。こちらは現在六人、あちらは五人。さて、兄上はいつ出てくるか。

…………まさか出てこない、とは言わないよな？　父上と、奥方が見ているぞ。

「があ！　てめえも道連れだぁガーリングっ！」

「うわあ、引っ張るなあ！」

しばらくセディと打ち合っていたプファルが、ぐらりとバランスを崩した。けれど、セディの持ってるランスをむんずと摑んで引っ張り、ふたりはほぼ同時に落馬する。

「おらあ！　うちの秘蔵っ子よくもかわいがってくれたなあ！」

「おう、かわいらしい秘蔵っ子だなあ！　秘蔵のままにしておけば、よかったのにな！」

「そんなもったいないこと、できるかよ！」

カルミラを倒したふたりのうちひとりを、ルビカがランスでぼこぼこに殴った末にフルスイングで馬ごとどつき倒した。

「俺の相棒に、何するんだよっ！」

「おわっ！」

ただ、もうひとりから背中を蹴られて、ミストの背中から吹き飛ばされた。ナッツが、あからさまに大きくため息をつく。

「アルタートン、三、四騎め脱落。ハーヴェイ、二、三騎め脱落……騎馬戦つーか、ただのどつき合いっすね」

「実戦で、お行儀なんて言ってられませんもの」

しれっと答えるヴィーの言葉に、たしかにそうだと頷くけれど。でも、あちらにもそういう戦法取る人はいるんだな。

兄上はともかく、こっそり仰ぎ見た主賓席の父上がすごく嫌そうな顔をしていた。ヴィーの言うとおり、実戦で行儀なんて言ってられないだろうにな。というか父上、現場でああいう対処したことないのだろうか？　魔物を蹴り飛ばすとか、さ。

「いい加減にこりたらどうだいっ！」

「そちらこそ、よくもまあ耐えておるなあ！」

リーチャは相変わらず、先ほどの相手と一騎打ち中だ。相手も腕がいい人のようで、観客の視線がそちらに向いてるのがわかる。もう、あれは任せておこう。

こちらはヴィーとナッツ、俺、リーチャ。あちらは兄上とルビカを蹴った人、それにリーチャの相手。ナッツとリーチャ組を抜くと、二対二になるか。よし、と思って肩越しにヴィーを見やる。

「そろそろ前に出るよ、ヴィー」

「わかりました。ナッツ、周囲確認を」

「了解っす。どうせ、ご自身でも戦やりたいんしょ？」

「ええもちろん」

やっと出番か、とばかりに興奮気味なヴィーと、ため息混じりのナッツの声が背中にぶつかる。たしかにヴィーが、模擬戦でおとなしくしているわけがない。伊達にハーヴェイの次期当主じゃないんだ。

と、ヴィーの視線が遠くに向いた。考えるまでもない、相手方の大将だ。つまり、ロードリック兄上。

「でも、その前にあちらの大将様は、戦いたい方がいらっしゃるようですわよ?」

「出てこいセオドール! 大将たるハーヴェイ辺境伯令嬢を倒す前に、この兄がお前に引導を渡してやろう!」

…………。

いやまあ、父上や奥方も見てるわけだし、そう言ってきてもおかしくないとは思っていたけれど。

やるしかないか、とチョコの脇腹を軽く蹴って前に進む。兄上も、いそいそと前に出てきた。

「降参するなら今のうちだぞ。お前なんぞに、俺が倒せるわけがないからな」

「俺が降参したところで、そちらが勝つわけでなし。それにあなた、俺と騎馬戦闘するのは初めてですよね」

一応、正論で答えておこう。

兄上側が勝利するには、ヴィーを落馬させないといけない。

俺はアルタートンでは、乗馬すらろくに教わっていない。ハーヴェイに移って、チョコが乗せてくれたからできるようになっただけで。

それと、兄上を煽るためには正論で、上から目線ぽい口調で言葉をかけるのが一番だから。

「なんだとお!」

兄上はあのようにわかりやすく怒ってくれるので、助かる。俺はぱしん、と手綱を使った。

「チョコ、行くぞ！」

「ひん！」

わかった、とひとつ鳴いてチョコは、蹄の音を響かせながら突進していく。一瞬、兄上の馬が驚いたように見えたのは気のせいか。

「ミングウェイ！　あんなでか馬ごときに負けるな！」

いや、気のせいじゃなかった。って、でか馬ってチョコのことか？

「あら、いやですわロードリック殿」

突進を止めないチョコと、その上でランスを構える俺に代わってヴィーが高らかに吠えた。うん、アレは吠えたと言っていい。

「セオドール様のチョコはとてもとても、頭の良い子ですのよ！」

「ひひいいいいいいん！」

「へ、わっ！」

「ひひいっ！」

そう、チョコはとても頭が良い。俺を背に乗せて、馬の乗り方……というよりは自分の操り方を俺に教えてくれたし。

馬を数頭舎弟にしてしまって、どうやら集団行動も教えたのではないかという噂だし。……実際どうなんだろうね？

まあそれはともかく、チョコの嘶きでミングウェイか、兄上の馬が立ちすくんでしまって動かない。

俺はランスを構えて、わざと大振りにしてやる。いくらなんでも、兄上なら受けられるだろう。ほら。

「き、貴様！　汚いぞ！」

「相手のいななき程度で固まる馬を、アルタートンは使ってるんですか！　ほら、俺には負けないんですよね！」

がき、がきん。ランスがぶつかり合う音にはミングウェイは反応してないようなので、本当にチョコに怯えている模様。いや、馬に怯える馬って魔物相手には大丈夫なのか？　それとも、チョコのほうが魔物より怖い？　いやいやまさか。

「そちらの方は、わたくしとシルファがお相手いたしますわ！　さあ、かかっておいでなさいませ！　このわたくし、ヴァイオレット・ハーヴェイに！」

ほほほほほ、と高笑いをするヴィーに向かうのは、ルビカを蹴った騎士。ナッツがさっさと後退していくのが見えたが、彼はその目で状況を見極めるのが役目だったからもう大丈夫だろう。

「おのれ、大将首を取れるチャンスというのに！」

「あんたはここから進ませないよ！」

リーチャのところは、完全に拮抗してるな。ガンガン打ち合ってて、模擬戦用のランスがよく保つもんだ、と思う。

こうなると、ヴィーが落馬する前に俺が兄上を殴り落とせば勝てる状況だ。

一旦距離を取り、ランスを構え直す。兄上、というよりは馬がやる気にならないと、まともに戦闘にはならない。

「ひ、ひん」

「ミングウェイ、あれは敵だ、魔物だ。俺たちでやるぞ」

「……ぶる」

なんとか馬をなだめられたことで、兄上がランスを構え直す。俺も、兄上を睨みつけた。

いやだって、聞こえたもんな。俺たちを魔物扱いしたのが。睨まないわけにはいかないさ。

「ロードリック・アルタートン、参る！」

「セオドール・アルタートン、行きます！」

兄上の、朗々とした名乗りが響いた。今更名乗りも何もないだろうに、と思いつつも付き合ってみよう。大声を張り上げるのは気持ちいいな、と考えながらチョコの脇腹を蹴り、走り出させた。

「うおおおお！」

「はあっ！」

さすがというか、兄上が本気を出すとかなり一撃が重い。けれどダンテさんやヴィー、時には義父上までが俺の相手をしてくれたおかげでなんとか耐えられる。

「今度はこちらから行くよ！」

「なんのっ！　……っ」

兄上のランスを押し返して、勢いのままに今度は俺が突きを連続で入れていく。チョコもミングウェイもしっかり足を踏ん張っていてくれてるから、お互い馬から落ちないように……相手を落とすために攻撃を叩き込む。

「てめぇは敵だ！　負けてたまるか！」

「ひんっ」

当然というか、兄上も遠慮なくランスを……向こうはどちらかといえば棍棒みたいに殴ってくるのだけれど、その中でミングウェイを叱咤してる。俺は必死に防ぎながら、チョコには聞こえるくらいの声でささやいた。

「俺は大丈夫だから」

「ぶるっ」

ふんす、と荒い鼻息でチョコが答えてくれた。

そうしてじりじりと、こちらが押していく形になった。兄上の殴打を弾きながら俺がランスで突き、その隙にチョコがじわじわと足を進めていく。結果、あちらが少しずつ下がっていくという状況になっているんだよな。

「はっ、役立たずのくせに！　なんでてめぇが、この俺と戦えるんだよ！」

俺がなかなか倒されないからか、兄上が苛立ったように叫んだ。

十年前、小さな俺は小さな兄上にボコボコにのされてしまってそれから反抗することはほとんどなかった。

もしかして、兄上の意識は当時のままなのだろうか。俺もあなたも、結婚するくらいには成長したっていうのに。

それにもう、俺の環境はアルタートンにいたときとは違うから。

「ハーヴェイで、戦のやり方はたっぷり教わりましたからね！　実践で！」

どん、と兄上の肩口を突く。ミングヴェイがすいと後退したこともあり、衝撃は大したことないだろうな。あの馬、結構賢いんだと思う。

「てめえ、家じゃ何もやってねえだろうが！」

それに対して、兄上はそこで何を言うんだろうか。俺が反論できないとでも、思っているのかな。

ヴィーみたいにうまく煽ることはできないけれど、兄上が相手ならなんとかなる。

「俺の仕事だって書類の山持ってきたのは、そちらの皆さんでしょうが！」

「役立たずに仕事をやっただけだ！　俺の補佐に俺の仕事をやらせて何が悪い！」

「あんたが作らなければならない書類だって、押しつけてきただろうが！」

「それがどうした！」

ほら、あんな大声で叫んでる。本当なら、隠し通すべきことのはずなのに。

ちらりと見ると、アルタートンの騎士たちはぽかんとしている。この場で何言ってるんだこいつ、という表情だね。

ヴィーはすごく晴れやかな笑顔で、おそらくはよくやったとか言ってるようだ。いや、よくやりましたわ、か。

「ほら、防御ががら空きだよっ！」

「ごはあっ！」

そして、この隙にリーチャが相手を殴り倒した。ああ、ランスが二本ともバキバキに折れてしまってる。ナッツの「アルタートン、五騎め脱落。ハーヴェイ、四騎め脱落」という報告が少しばかり虚しく響いた。

「……ロードリック？」

「ロディ……どういうことですの」

そうして主賓席、父上とベルベッタ夫人があっけにとられた顔で、こちらを見ている。兄上はえ、という表情で主賓席を見上げて、それから思いっきり顔を歪めた。

兄上の奥方は、そりゃ知らないだろう。俺はあなたとはほぼ面識なかったし、あなたが嫁いでくるのに邪魔だと俺は追い出されたようなもんだからな。

けれど、父上。あなたが知らないというのは、本当にどうしようもないと思うんだ。家の中のことを、まるで見ていないということだから。

たとえ母上に任せていたとしても、自身の部下でもある兄上の言動についてまったく気づいていないなんて。

「アルタートン伯爵閣下」

その中でヴィーが、りんとした声を張り上げる。高くもなく低くもなく、この場の隅々にまで聞こえるように。

「セオドール様がアルタートン家を出る前の、ご嫡男様がお作りになったという書類の筆跡を確認されることをお勧めいたしますわ！」

「……どうやら、そのようだな」

「ご嫡男様の……というよりは、王都守護騎士団の部下として判断なさいませ。そして、その上司として己を見返りなさいませ」

「ぐ……わ、わかった」

ヴィーの声は、観客たちの端々にまで届く。もしかしたらこの客たちの中に、騎士団の関係者だっているかもしれない。

そのことを理解しているからか、父上は苦々しげに頷いた。

「俺は！　兄として弟に、仕事をやっただけだあああ！」

けれど、兄上は納得できなかったのか、なりふり構わずミングウェイを走らせた。俺に向かって、ぶんぶんとランスを振り回しながら。

「その判断は、あなたがすることではないっ！」

「ひひいいいいいん！」

対して俺は、まっすぐにランスの穂先を兄上に定めてチョコを走らせる。そうしてすれ違いざまに、兄上の首を穂先で引っ掛けて、鞍の上から落とした。

「え」

嘘だろ、というように目を見開いて、兄上はそのまま、背中から地面に叩きつけられた。これで、終わり。

「……勝者、ハーヴェイ！」

父上の、微妙に震えた声が俺たちの勝利を場内に伝えた。途端、おおおおおと地響きのような歓声と……うわあああというなんというか悲鳴のような声が湧き上がる。

「よっしゃあ！　儲けたー！」

「くそ、今夜の飯おごりか！」

「今すぐ払えよお前の一か月分！」

「財布の中身があああああ！」

……どう聞いてもギャンブルの結果な叫びが聞こえてくるのは、俺の知ったことではない。父上や兄上が許しているのか黙認なのか、それとも違法なのか。まあ、観客勢は置いておく。

こちらに視線を向けた父上の顔は、わかりやすく引きつっている。兄上とその部下が、俺たちをさくっと倒すことを期待していたんだろうな。その横にいる兄上の奥方は……あ、なんか無表情だ。なんとなく、怒ってる感じだけど。

「ハーヴェイ辺境伯令嬢、その婚約者よ。よい戦を見せていただいた。我がアルタートン、そして王都守護騎士団もぜひ参考にさせていただきたいと思う」

「フフ。お褒めいただき光栄ですわ、伯爵閣下」

「恐縮です。伯爵閣下」

俺の名を呼ばなかったのは、あくまでも俺がハーヴェイ側であると言いたかったんだろうな。アルタートンの次男だと認めているなら俺の名を呼んで、敵ながらあっぱれとか言ってもおかしくないし。

もっとも、その父上に返答したヴィーが表面上は笑顔を取り繕いまくっているのがわかったから、俺もそれにならった。後で何か食べるか、戻ってから模擬戦なり魔物退治なりやって鬱憤を晴らそうな。

「対して、我が配下よ。王都を護るべき騎士が、国境の護りである騎士団に敗れてなんとする。いざというときに、陛下や王都を護れぬではないか」

「……く、修業が、足りませんでした……すみません……」

そして、父上はなんとか起き上がった兄上に冷たい視線を向けた。兄上も恐縮してしまっているのは、やはり伯爵家の当主の威厳に対してか。

あと父上、その言い方はハーヴェイが反旗を翻す可能性を考えているのか、と誰かが余計なことを考えるだろうに。そんなことになった場合……それは王家やそちらの面々が、ハーヴェイに対してひどいことを言ってくるからだろうけど。

それに父上は、アルタートンの当主としてその前にやることがあるもんな。

「また、先ほどロードリックが不審な発言を連発したようだが。これについては、事情を聞いてから判断を下す。連れていけ」

「はっ！」

当主の手が振られると、今までは警備についていたであろう騎士たちがぞろぞろと出てきた。地面にぶっ倒れたままの兄上の腕を軽々とひねり上げ、そのまま場外へと連れていく。

「な、俺は何も、おかしなことはっ」

いや、俺に仕事押しつけたとか全力でぶっちゃけただろうが。

兄上の『仕事』。

要するにアルタートンの次期当主としての仕事、もしくは王都守護騎士団の一員としての仕事、そのどちらか。

いずれにしろ、部外者である俺にやらせるような仕事ではない。やったけど。

「お、おいセオドール！　お前、俺を擁護しろ！　この役立たず！」

「しませんよ。役立たずですから」

泣きそうな顔で兄上が馬鹿なことを言ってきたので、ついつい売り言葉に買い言葉でさくっと答えてしまった。でも、このくらい言ってもいいよな？

ヴィーたちをちらりと窺ったら、全員いい顔で親指を立てていた。ははは、よかったみたい。

と、ヴィーの視線が主賓席に向けられた。彼女が見ているのは……ああ、ベルベッタ夫人か。

「……ガーリングのお父様に連絡を取ってくださいまし。急いで」

「は、既に」

「ありがとう」

遠くて聞こえにくいけれど、彼女についていた侍従とそんな感じの会話を交わしていたのはなんとなくわかった。たぶん、兄上に関することだろう。……兄上のやらかしを許すか許さないか、実家の判断を仰ぐつもりかな。

で、そこから父上のほうを向いたベルベッタ夫人は、ふんわりとした笑みを浮かべていた。……うん、あれ、作り笑顔だね。母上が人前に出るときによくやってる、俺から見て母上の得意技。

「お義父様。わたくし少々疲れましたので、先に失礼いたしますわ」

「う、うむ。家でリリディアがお茶の準備をしてくれているだろう、ゆっくりしなさい」

「ありがとうございます。では」

父上の許しを得て、ベルベッタ夫人は退席していく。さてどうなるか、これまた俺の知ったことではない。俺は事実上ハーヴェイ辺境伯家次期当主の配偶者で、生家であるアルタートンとはほぼ絶縁しているから。婚約契約書曰く。

それはそれとして、母上がいないのは家でのんびりしてたからか。あの人、自分の興味ないことからはとことん逃げるからなあ。

そんなことを考えながら見ていると、父上は気を取り直したように大声を張り上げた。これでも騎士団の副長、大勢に向けての発声は得意だからね。

「それでは皆の衆、よくお集まりいただいた。会場の外にて軽食を振る舞う故、ゆっくりしていくがよい」

「いやっほう！」

「俺、これが楽しみでなあ！」

「食うぞー！」

「今日の晩ごはん浮いたー！」

……これが楽しみ、と言っている人がいるってことは模擬戦やってるときにはいつも軽食振る舞ってるのか。なんだろう、父上ってそういう気遣いとかサービスとかできる人なんだ、と少しばかり驚いた。

これもまた、外面ってことか。内側、しかも『役立たず』である俺には向けられることのない、サービス精神。

「軽食を振る舞う……そういう催しですの？」

「知らないよ。俺は、家の外の催事にはまるで縁がなかったから」

「なるほど。もっとも、ハーヴェイでもバーベキューくらいはやりますけれども」

一応ヴィーにはさくっと説明したから、今後はハーヴェイ領でもバーベキュー以外に何か食事が振る舞われるかもしれないな。畑仕事が増えるかもしれないけれど、それはそれで楽しそうだ。

とにかく、この場は撤収することにしよう。

十四．ある日のアルタートン家・四

アルタートンとハーヴェイの模擬戦が行われて、十日後。

ロードリックは、父ジョナスの執務室に呼ばれていた。執務机の上に置かれた、数枚の報告書を示されて読む。

「この報告書の内容に、間違いはないな？」

「……」

父のイライラした口調での問いに、息子は答えることができなかった。

模擬戦のさなか、ついうっかり自分が口走った内容の精査。本来自分と自分の配下が手がけるべき書類の数々を部外者である次男セオドールにほぼ丸投げしていたという事実の確認は、多くの騎士団員の証言と書類の筆跡鑑定により証明されていた。

ただの文書であれば、まだよかった。中には騎士団の外に漏らすべきではない書類も数多くあり、それらのほとんどがセオドールの字で書かれていたことが判明したのだ。

幸いというか、セオドールはハーヴェイ家に生活基盤を移すまでほぼ外部との関係はなく、ハーヴェイに移ってからも王都守護騎士団の機密事項を誰かに漏らしたことはない、そう調べがついていたのだが。

「ロードリック。黙っていてはわからん」

それはともかく、返答のないロードリックにさらに苛立ったのか、ジョナスはどんと机を拳で叩いた。ひ、と顔を引きつらせてロードリックは、渋々答えを、口に出す。

「…………間違い、ありません……」

「愚か者が」

ちっと舌を打ち、ジョナスが吐き捨てる。ただ、その後に続いた言葉はロードリックには意外なものだった。

「なぜ、もっと早く言わなかった」

「え」

「あれがお前の手駒であるならば、外に出さぬよう手を講じたものを。そうできていれば、あのように恥をかくことはなかったはずだ」

つまり、父が嫡男に苛立っている理由は彼本人がすべき仕事を弟に丸投げしていたから、ではなく。

それを外部に知られるような状況にしてしまったから、のようだ。セオドールをアルタートンの家の中で飼い殺しにするよう、ロードリックが動いていればよかったのだとジョナスは言っている。そうであれば、セオドールさえ戻ってくればあとはなんとかなるのではないだろうか。そう、ロードリックは考えたのだが。

「そ、それなら今からでも、あいつの婚約を」

「今更遅い。ハーヴェイにあれを返せ、と言って戻ってくるものか。そもそもあれの婚約は、向こうが望んだものだ」

「っ」

ジョナスが告げた事実に、ロードリックの顔から血の気が引く。

なぜハーヴェイ辺境伯家が、アルタートンに劣るとはいえ王家の覚えもめでたい家がセオドールごときを望んだのか。

彼らはふたりとも、アルタートンとの結びつきをハーヴェイが望んでいたからだ、と考えている。それがまるでお門違いであることを、アルタートンの当主と次期当主は知らない。

「婚約契約書にも記されたとおり、あちらに行ったことであれは事実上ハーヴェイの一員となっている。よほどのことがなければ、戻ることは叶うまい。それに、せっかくのハーヴェイとの結びつきが白紙となることは避けたいしな」

故に、『ハーヴェイ側の望み』をなくすことをジョナスは考えていない。何しろ悪いのはセオドールに仕事を押しつけたロードリックなのだ。彼に罰を与えることでハーヴェイに納得してもらうしかない。

それに、アルタートン側としてはハーヴェイと結びつくことで外国との絹の取引が有利になる、と考えている。

隣国との境にあるハーヴェイ領を通るための通行税、製品が国境を越えるための関税などをハーヴェイと内々に交渉し、値引きしてもらえばアルタートンの利益は上がる。そこまで考えているのは、ジョナスくらいのものだが。

「そ、それではっ、俺は」

「お前は平からやり直しだ。私もおそらく、副長や第一師団長の座を降りることとなろう」

とはいえ、それをあまり大っぴらに出してしまっては違法ではないか、と痛くもない腹を探られる。その前にジョナスは、あくまでも苦々しげに息子の処分をざっくりと言い渡した。既に内定しているであろう、自身の監督不行き届きに対する処分も。

もっとも、自身の処分は後で王城の方々とうまくやればいいだろう。そこまで考え終わり、そして。

「それはそうと、ベルベッタはどうした」

先日結婚式を終え、模擬戦以降顔を見ていない長男の妻の名をジョナスは、無造作に呼んだ。

「その、それ、が。あの日の夜にベルベッタは家を出ました。どうやら、実家に戻ったらしく」

父の問いに対するロードリックの答えが、ジョナスの顔をさらに歪めた。

「どういうことだ」

「ついさきほど、ガーリング家から俺宛に届いた書状です。中身を読む前に父上に呼ばれたので、まだ読んでいません」

恐る恐るロードリックが差し出した封書を、「よこせ！」ともぎ取る。蠟封だけは開かれていたので、そこから中身を取り出して広げた。そして。

『ロードリック殿。貴殿の王都守護騎士団員としての仕事に対し、多くの疑念が生じた。故にベルベッタはしばらくの間、生家であるガーリング家にて過ごすものとする』

ざっくりと読み終えた内容をそうまとめたジョナスは、ぐしゃりと書状を握り潰した。

ガーリング侯爵家が、ベルベッタを取り返すだけで済むとは思えない。既に、さまざまな手配を済ませているはずだ。あれからもう、十日も経っているのだから。

出遅れたとはいえ、今からでもジョナスが動く必要はある。だが、その前に。

「ロードリック！　貴様はしばらく、自室で謹慎していろ！　家から出ること、まかりならん！」

まるで雷のような怒鳴り声に、ロードリックはひいと身を縮めて震えることしかできなかった。

《了》

番外．初めての手紙

とある日の午後。今日は書類作業がある騎士団員がよってたかって、書類と格闘中である。かくいう俺も、だけど。

「なあ、セオドール」

不意に、ルビカが俺の名を呼んだ。手元には先日の訓練に関する書類があって、ああ退屈したんだなということがわかる。まあ、俺もこちらに来てから書類作業の合間の退屈ってものを知ったので、少し相手になろうかな。

「ん、何？」

「お前さんさ、アルタートンで家庭教師はついてたんだろ。どんな人だった？」

「え？」

唐突に尋ねられて、思わず首を傾げる。いや、聞かれたことはわかるんだが、聞かれた理由がわからなくて。

「なんでそんなこと聞くんだ？」

「いやさ。お前さん、文字もそうなんだけど書類自体もめっちゃ綺麗に書いてるじゃん。こういうのって、少なくとも基本的なところは教わってなんぼだろ」

手本になっている昔の俺の書類を示しながら、ルビカはそんなことを言ってくれる。文字が綺麗なのは自慢といえば自慢だけど、書類の書式に関しては……ああ、たしかにフォート先生に教わったものを自己流アレンジしたな。

「あー。要点とかまとまってて、読みやすいっすよねえ。ね、プファルさんよう」

「く……悔しいがそこは認めるっ」

ナッツに言われて、プファルは耳まで赤くしながらぷいと視線をそらした。

プファルもどうやら、俺の書類は認めてくれてるらしい。それは嬉しいな、と思いつつヴィーに視線を向けるとそれはまあ、大輪の花のような笑顔になっていた。

「うふふ。本当に、セオドール様のお手になる書類は読みやすく理解しやすいですわね。わたくし、いつまでも読んでいられそうですわ」

「だったら、領地の資料とかもセオドールに書いてもらいます？」

「まあルビカ、それは嬉しい提案なのだけれど。セオドール様が物書きに時間を取られてしまっては、わたくしが淋しいですわ」

「あー、それはすいません。たしかに書く量、多くなりますもんね」

ふむ。ルビカの提案はいいかもしれないな、と思ってしまった俺はまだまだ、アルタートンの家にいたときの考え方がしみついてるんだろう。何しろ、今ヴィーがせっせと読んでいる資料は領地、というか騎馬の牧場に関するものだから。

俺が資料を書いてしまえばヴィーは喜んで読んでくれるけれど、でもそれは俺の仕事が増えるってことだからなあ。

……まあ、一緒に資料を読めば済むことかな、とは思う。

「まあ、それはそれとして」と話を戻すことにしたらしいルビカの顔を見て、俺はフォート先生のことを話してみようと思った。ヴィーが捜してくれてるはずだけど、まだ見つかっていない。

「うちに来てくれたのは、フォート先生。ええと……フォート・シュメアかな。シュメア子爵家の次男だって聞いたことがあるから」

「わたくしは、前にも伺いましたわね。たしか、わたくしが生まれた頃にご当主が世代交代されたそうですの」

「あー、それで家継げなかった次男さんが外に出て働いてるわけっすか。貴族って大変っすね、ルビカもだっけ」

「ああ。俺も後継者にならなかったからこうやって、ハーヴェイの騎士やってるわけ」

貴族の次男であるルビカは、俺やフォート先生と似たような立場だ。外に出たということはつまり、既に実家の後継者から外されたことになる。

俺たちは当事者だけど、外から見る立場であるナッツの言葉には頷けるところがある。

もし、俺が兄上より先にアルタートンの血筋による能力を開花させていれば、おそらく今ここにはいなかった。父上の命令で、アルタートンの家を継いでいた可能性はあるんだ。たまたま、兄上が先に力をつけたことで俺を顧みなくなっただけで。

……俺のことじゃなくて、フォート先生の話だったな。

「たしか、元は王宮の文官だったそうでさ。それで、あちこちの家に、息子の家庭教師に来てくれってなったらしくて」

「王宮で書類仕事やってたら、そりゃ綺麗なもんできるっすよ。俺なんて平民だから、そういうこと考えてねえっすけど」

あくまでも平民であるナッツは、王宮の仕事からは一番縁遠い存在だ。

たまに、能力が目に止まって就職する平民もいないわけではないけれど、そういう場合はどこかの貴族が後ろ盾になる。素晴らしい能力の持ち主を見出した、ってことで自分の家を優遇してもらいたい貴族がだいたい手を挙げる、らしい。

以前、兄上がそういう家を馬鹿にしていたことがあったな。平民におもねるのは自信のない証拠だ、とかなんとか。今の俺からすると、兄上は自信を持ちすぎじゃないかって感じなんだけど。

「ナッツ、そうでもないぞ。提出された書類ってのはな、ものによっちゃ王族の目に留まるかもしれないわけだ」

「いやルビカ、俺のメモ書きなんて間違いなく王宮に行かねえっすよ。お前さんとかが、書き直してるじゃないっすか」

「……てことは、俺の書類がお目通りしてる可能性あるわけか。うわあ」

なぜか、ナッツとルビカが楽しそうに会話してる。ハーヴェイ家で作った書類が王宮に行く可能性はもちろんあるので、巡り巡って王家の誰かが読む可能性はゼロではない、はず。かなり低いだろうけれど。

「って、アルタートンの家に来たってことはその先生、兄貴の面倒も見てたってことか?」

「うん。というか、俺のほうがおまけだね」

「マジかあ」

ルビカに答えると、なぜか目元に手を当てて天井を向かれた。

ハーヴェイ家に来てからやっとわかったことだけど、この反応が自然なんだ。どちらかが家の後継者であっても、兄弟で扱いが極端に違う、というのはおかしいんだって。

「まあ、兄貴と一歳しか違わねえんなら、必然的に家庭教師もかけ持ちだわな」

「ああ。親戚で双子が生まれて同時に教わってた、みたいな話は聞いたことある」

「うちなんかは俺だけじゃなくて、近所のガキどももまとめて面倒見てもらってたっすよ」

「ナッツんとこは、どっちかつーと平民の学校みたいなもんだろ」

いやほんと、ナッツの話は勉強になる。アルタートンの家からほとんど出ることのなかった俺にとっては、平民の生活なんて何をどうしたって見られるものではなかったからな。

この国では、貴族は自宅に家庭教師を招いて子女を教育する。平民は学校に通って、そこで勉強する。今ここに教師がひとりいたら、だいたい学校の風景に近くなるらしいとはナッツの言うところ。

金持ち、たとえば大商人なんかは家庭教師を呼ぶこともあるけれど、基本的にはこんな感じとのことだった。

で、貴族の家に俺と兄上みたいに年齢が離れていない子どもが複数いる場合は、家庭教師はその全ての教育を請け負うこともある。フォート先生は兄上の勉強を見る傍ら、兄上が武術や乗馬などの訓練に行ってる最中には俺の勉強を見てくれていた。それと、カティさんが俺の身の回りの世話を買って出てくれていたから、頑張れた。

「あーそうそう。先生の奥さんが料理めちゃうまくてさ、こんな感じでみんなで飯食ってたっす」

ナッツのところの先生もそういう人だったようで、奥さんの料理をいただいていたようだ。なるほど。

「飯食わせてくれんなら、勉強にも張り合いが出るよなあ。セオドールも、お茶とかもらったんだ?」

「そうだな。先生の奥さんのカティさんが、お茶とかケーキとかいろいろ出してくれてたよ」

誕生日に出してもらったケーキを思い出しながら、ぼそっと答えてみた。ちょっと懐かしいな、と思い出してしまったので。

「シュメア子爵家の次男フォート様と、その奥方のカティ様ですわね」

にっこり笑ったヴィーの再確認に、何も考えずにそうだよと答えてしまった。


その意味がわかったのは、兄上の結婚式を翌月に控えた時期だった。

「セオドール様宛に、お手紙でございます」

「俺に?」

「はい」

「そうか。ありがとう」

俺の部屋に来てくれたメイドから渡された手紙には、間違いなく俺の名前が宛名として記されていた。ただ、その文字はとても見覚えがあるもので。

「……フォート、先生?」

ひっくり返すと、とある貴族の家名とフォート・シュメアの署名があった。蠟封も、間違いなくフォート先生が使っていたものだ。

「ええ……」

ペーパーナイフで封を開き、中身を取り出す。椅子に腰かけて、読み始めた。

俺の名前、時候の挨拶に続けて今は署名のところに書いてあった家で家庭教師をやっていること、俺の消息は義母上からそちらの当主夫人を通じて伝えられたことなどが記されている。

「良い縁を結ばれたと聞き、妻ともども大変喜ばしく思っております。どうか、私どものもとで学ばれた日々の一端でも思い出していただければ、これに勝る喜びはありません」

……フォート先生とカティさんのおかげで、俺は今騎士団のみんなとも仲良くやっていられるようなものなのに。思い出して、というより忘れたことなんてなかったのに。

この気持ち、置いておくわけにはいかないよな。

「……返事、書いたら受け取ってくれるかな」

これまで、俺が誰かに手紙を書く機会なんてなかったから。

初めての手紙をフォート先生に送るのは、きっと悪くない、よな。


ただ、俺は手紙というものを甘く見ていたらしい。

内容を考えてから無事に送るまで、十日以上かかったのだから。

主に、たくさん書きすぎて手紙というよりは冊子になりかけたからだけど。

「いきなり、これまであったことを全部書き記すと重くなりますわよ？　内容的にも」

ヴィーにそう言われて、納得するしかなかった。内容を添削してもらって、だいぶ少なくなった内容を丁寧に清書して。

手紙の発送をお願いしてすぐ、俺は兄上の結婚式に向かうことになった。だから、返事が来ているかどうかはわからないけれど。

どうか、あきれずに読んでくれますように。

口約束は果たされた 1
～辺境伯家の婿は溺愛される～

発 行
2025年1月15日　初版発行

著 者
山吹 弓美

発行人
山崎 篤

発行・発売
株式会社一二三書房
〒101-0003　東京都千代田区一ツ橋2-4-3 光文恒産ビル
03-3265-1881

印 刷
中央精版印刷株式会社

作品の感想、ファンレターをお待ちしております。
〒101-0003　東京都千代田区一ツ橋2-4-3 光文恒産ビル
株式会社一二三書房
山吹弓美 先生／キッカイキ 先生

Printed in Japan, ISBN 978-4-8242-0365-6 C0093
※本書は小説投稿サイト「小説家になろう」（https://syosetu.com/）に
掲載された作品を加筆修正し書籍化したものです。